弱気MAX令嬢なのに、
辣腕婚約者様の賭けに乗ってしまった 7

小田ヒロ

ビーズログ文庫

イラスト／Ｔｓｕｂａｓａ.ｖ

contents

ピア・スタン
乙女ゲーム『キャロラインと虹色の魔法菓子（マジックスイーツ）』のモブ悪役令嬢に転生してしまい、弱気MAXに！
ルーファス・スタン
乙女ゲームのクールキャラ枠『宰相令息ルート』のヒーロー。ピアの事情を何もかも察して、過保護度MAXに！
人物紹介

サラ
ピアの専属侍女。
マイク
スタン侯爵家の
警備責任者。
ピアの護衛。
カイル
パティスリー・
フジのオーナー。
転生者仲間。
ケイレブ
スミス男爵令息。
アンジェラの同級生。
ターナー商会に勤めて
いる。
ヘンリー
騎士団長の息子。
乙女ゲームの攻略対象の
うちの一人。
エリン
ヘンリールートの
悪役令嬢。
ピアの友達。

プロローグ

「ふふっ……うふふ」

青葉煌めく休日。私はグリーン邸の裏手にある納屋で、ルーファス様が手に入れてくれた魚竜の化石を眺め、にまにましていた。

前世、博物館でたくさんの貴重な化石を目にしてきたが、ガラス越しでもなく、ここまで至近距離で見ることなんてできなかった。

この幸運に感謝しつつ、上から下から横から、瞳から数センチの距離で観察し、感情が高ぶりすぎたら真正面に持ち込んだ椅子に座り、遠景として眺める。

「お嬢様、興奮しすぎです。ちょっと気味が悪いですよ」

そう呆れたように言うサラに振り向き、ギロッと睨みつける。

「つまらないなら屋敷に戻ったらいいじゃない。ここには何一つ危険はないんだから」

納屋も私たちの屋敷――グリーン邸の一部で、おそらく厳重な警備が敷かれている。

「外敵はなくともお嬢様が何をしでかすか……コホン、急に具合が悪くなって倒れるかもしれないじゃないですか。ほら、最近汗ばむ気候になってきましたし」

酷暑の日本に暮らした記憶があるから、このアージュベールの初夏などさほど苦にならないけれど……私は目の前の化石に視線を戻し、ハタキでついてもいない埃を払う。

美術品に温度変化はタブーだ。わかりやすい例をあげれば結露で傷む。それは化石も同じ。化石を今の状態のまま次の時代に残すためには、できるだけ温度と湿度が一定の、直射日光を浴びないコレクションルームに移す必要がある。

やはり、早いところスタン領にミュージアムを作るべきか……第一段階としてはこの納屋なみの大きさでいいから。王都よりもスタン領のほうが涼しく、乾燥している。ただ、冬は積雪するけれど。

そのへんの対策は、現代建築の最先端をいくグリー教授にお願いしてみようか？　領地に湧いた温泉を気に入っていたし、スケジュールが合えば設計してくれそう。

でもなんにせよ多額の出費案件だ。ただでさえ医療師不足解消の金策で忙しく……そう、私もルーファス様も、猫の手も借りたいほど多忙だ。

「うーん、困った。まあ、今日明日中になんとかしないといけない問題ってわけではないけどねー。せめて五年以内には……」

「お嬢様、ハタキをかけすぎでは？　力も入りすぎていて、その大事な化石にヒビが入らないか不安です」

「も、もちろんわかってるわ。ソフトに、ソフトにね……」

はたきで最後のひと払いを儀式のようにして、お辞儀をすると、目の前に魚竜の腹があった。

「あれ？」

前世の細かな記憶を引っ張り出す。この魚竜のお腹は……いや、きちんと調べなおさないとはっきりは言えない……でも、ひょっとして……。

「お嬢様、ルーファス様がもうすぐご帰宅だと連絡が」

「あ、はーい。戻ります」

私は魚竜にもう一度振り返ったあと、納屋を出た。

早くゆっくり調査できる時間が取れるといいけれど。

第一章 少しずつスタン侯爵家の一員になる私

前世の乙女ゲーム『キャロラインと虹色の魔法菓子〈略してマジキャロ〉』に極めて似た世界に、悪役令嬢（ただしシルエットモブ）として転生した私、ピア・スタン。

いろいろと辛い思いもしたけれど、今では私の旦那様になってくれたルーファス様と一緒に動き回って、「ありもしない罪をあげつらわれて婚約破棄される」という断罪を回避した。

ただ、黒幕の一角であるローレン医療師団長とその息子ジェレミーを捕まえたことから波及して、我が国は深刻な医療師不足に陥ってしまった。

私が運命に抗ったせいで世界に歪みが生まれたのかもしれないと、くよくよ思い悩みもしたけれど、建設的に解決策を考え実行していこうと転生仲間のカイルと確認し合い、地道に活動――私の場合化石を発掘し体裁を整えて売り、その資金で若き医療師を養成する――中だ。

だが、その活動が実を結ぶのは早くても数年先で、現時点の問題解決には至っていないことが悩ましい。今助けてくれている休眠医療師たちは、高齢であったり介護や子育てい。

を抱えていたりして、そう長くは働けないのだ。あくまでパートタイマーで、常勤ではな

というわけで、次々とやってくる問題に頭を抱えつつ、アージュベール王国の一国民としての普通の人生を堅実に歩んでいる。

いや、普通なのか？〈マジキャロ〉の設定そのまま地味で特質なく実家も細いこの私の夫が、侯爵令息で次期宰相確定のルーファス様であったり、次代の王妃となるアメリアや、さらには非の打ちどころのない〈マジキャロ〉メイン攻略対象のフィリップ第一王子殿下が友達である人生は、ありふれたものではないかもしれない？

そんなありふれていない友達の一人である、侯爵令嬢でありながら商才があるうえに剣の腕も一流のエリンと本日はお出かけだ。行き先は王都の一等地にあるスタン侯爵邸。私の義実家だ。

「き、緊張するわ……」

スタン侯爵邸の中でも小さめの応接室のソファーに隣り合って座る私たち。ビアンカお義母様が「楽な装いで」と指定したので、私たちは揃ってワンピース姿だ。

「とうとう侯爵夫人に花嫁修業をつけてもらえるんだわ……お忙しい時間を割いてもらうんだもの。一言一句聞き漏らさないようにしなくっちゃ」

そう言いながら膝の上で拳をぎゅっと握り締めるエリン。

貴族——それも領主の妻は仕事が盛りだくさんだ。まずは家族の健康に注意を払うこと。王都、領地の屋敷を滞りなく回すこと。世相や貴族社会に気を配り、乗り遅れないように情報を仕入れ、分析すること。

そして最も比重が大きいのが、領地を運営すること。伯爵以上の爵位持ちであれば、たいてい当主は国の要職についており（スタン侯爵——宰相、コックス伯爵——騎士団長のように）、そうなると、領地の管理は夫人がほぼ全ての任を負うことになる。

それは一朝一夕でできるようになるものではなく、前任者、つまり前領主夫人の下につき、数年学び覚えるのがベストだろう。

かくいう私も十一歳の頃からお義母様にご指導していただいている。

ただ、私の場合はお義母様がまだバリバリの現役であることと、執事長のトーマさんをトップとした、スタン侯爵に忠誠を誓った使用人の業務体系が完全に出来上がっていて、ある程度領主一族なしでも運営できるシステムに、甘え切っている自覚はある。

ところがエリンが嫁ぐヘンリー様のコックス伯爵領は、ヘンリー様のお母様が亡くなっていて、もう十年以上領主夫人が不在だ。エリン伝手に聞いた話では、古参の使用人たちが分担してどうにかこうにか領主夫人のすべき仕事を肩代わりしているらしい。

ということは、エリンは結婚するや否やその役割を引き継ぐことになる。しかし、肝心の指導者がいない。使用人たちはほぼ行き当たりばったりで急場を凌いでくれていただけなのだから。

嫁ぎ先が残念なことに頼りにならないのであれば、普通は実母がせめて自分の知識だけでも……と仕込んでくれるのだが、エリンの母はホワイト侯爵邸にいない。もう、エリンの幼い頃からずっと、外せない行事の時にしか戻ってこないそうだ。

言葉少なにエリンが語った話によると、王都のどこかで年若い恋人と過ごしているらしい。

私の感覚からすれば、エリンのように可愛くて賢くて健気な実の娘のピンチより優先されることがあるなんてナンセンスの極みだけれど、きっと私とは脳の回路が違うお人なのだろう。

ということでエリンは指導者を求め、ルーファス様の仲介で、義理人情に篤いお義母様が動いてくださったのだ。

ちなみに私がまだ独身時代、エリンはロックウェルの我が家に遊びに来ていた時に、うちの母にもいろいろと質問していた。

そんなエリンに母は、

『私にはエリン様はもう、十分に伯爵夫人としてやっていける素養は身についていると思うわ。でも……もっと領地の規模が大きく、社交も得意とする方のアドバイスを得たほうがいいでしょうね。東の国境の要であるコックス伯爵夫人になるのですもの。私では……

お役に立てずにごめんね』

と、エリンの手を包みながら申し訳なさそうに言っていた。

ロックウェルの祖母ならば領地運営の最高の指導者になるのでは？　とも思ったけれど、祖母はもう一つの業務の柱である社交を捨てている。

おまけにロックウェル領にはキャロラインがいる。結婚前のエリンに今更古傷を思い出させるのはいかがなものか？　と考えてやめた。

結局のところお義母様の指導がパーフェクトなのだ。それこそ侯爵夫人業務で日々忙しいのに、息子夫婦の友人のために力を貸してくれるお義母様は本当に懐が深い。

「そんなに緊張しなくて大丈夫だよ。お義母様の教育は正直に言うと、すっごく厳しいけれど、どれも必要な知識だってじわじわとわかるの。本当はとても思いやりのあるお優しい方なのよ？」

するとエリンは手を横に振った。

「心配しないで。私は厳しく指導してほしいんだから。これまで望んでも得られなかったんだもの。それに、ピアとルーファス様を見れば、素晴らしい方だってことくらいわかるわよ。外の薔薇も夫人の手によるものでしょう？　客人をもてなすような配置、ため息が出るほど美しいわ。夫人の意思が隅々まで行き届いてる」

エリンの視線を追うと、窓の外で、色とりどりの薔薇がちょうど花びらを開き始めているところだった。そこへノックの音が響いた。

「ごめんなさい。お待たせしたわね」

紫のドレス姿の薔薇の女王のようなお義母様が、微笑みながら入ってきた。エリンが慌てて立ち上がろうとするのを、扇子で柔らかく制した。

「ほ、本日は、私のためにお時間を取っていただき、ありがとうございます」

「ようこそ、ホワイト侯爵令嬢。ピアの友人ということだからエリン様と呼んでもよろしくて？」

「も、もちろんです」

エリンがここまでガチガチに緊張する姿は初めて見る。

「では、エリン様、このたびはコックス伯爵令息とのご結婚おめでとう。あのヤンチャなヘンリーと結婚してくれるお嬢さんがいるなんて……ケイト様も天国できっと、あなたに向かって拝んでいるわよ？」

お義母様はそう言うと、上品に手で口元を隠しながらクスクスと笑った。あれ？　でも少し目の下にクマがある？　お義母様、お疲れみたい……。

「ケイト様って、ヘンリーのお母様ですよね。ルーファス様からご交流があったとお聞きしています」

エリンが食い気味に尋ねた。自分の前のコックス伯爵夫人であり、愛するヘンリー様のお母様のことだ。それは知りたいだろう。

「ケイト様はね、聞いているかもしれないけれど、騎士様だったのよ。ケイト様の有名な話はねえ……王太后様が王妃時代に視察で訪(おとず)れた博物館で、暴漢に襲(おそ)われたことがあってね。ケイト様はたったお一人で殿下と侍女(じじょ)二人をお守りして、その男を取り押さえたの。赤い騎士服姿のケイト様は、とても颯爽(さっそう)としていたわ」

「……すごい」

「うん、素敵(すてき)！」

女性でありながら凄腕(すごうで)騎士なんて、まるで物語の主人公のようだ。そんな主人公のヒーローはというと？

「ふふふ、先が読めたと思うけれど、そのケイト様の強さにコックス伯爵は心を奪(うば)われ、猛烈(もうれつ)なアタックを何度も繰(く)り返(かえ)して、結婚にこぎつけたの」

「「やっぱりー」」

思わぬ恋(こい)バナを聞けて、私たちは声を揃えてはしゃいでしまう。

「ケイト様は当時としては珍(めずら)しく、結婚してもしばらくは仕事を続けられたの。コックス伯爵は生き生きと働くケイト様が大好きだったからだと思うわ」

お母様が嫁いでも仕事をしていたのなら、エリンがホワイツで働き続けても、伯爵もヘンリー様もいい意味でなんとも思わないだろう。

「結婚から数年後、ヘンリーを身籠ってから退役されたわ。ああ、私は伯爵夫妻にヘンリーを呼び捨てにする許可を貰っているの。気を悪くしないでね」

「も、もちろんです！　私のこともエリンとお呼びください」

お義母様ほどの方に、様付けで呼ばれると居たたまれない気持ちはよくわかる。

「じゃあ親しみを込めて呼ばせてもらうわね。私とケイト様は同じ年に子を授かった縁で、仲良くさせていただくようになったの。王都の屋敷をお互い行き来したわ。ここにも何度もお迎えしたわねえ。ルーファスとヘンリーは、子ども用の木刀で戦っては負けたほうが拗ねて、ケイト様に『潔くないぞ』とゲンコツを落とされていたわ」

ケイト様……思った以上に豪快なお人柄だったようだ。

「やがて、ケイト様は病気になり、伯爵がヘンリーだけを我が家に連れてくるようになった。ヘンリーは私におずおずと庭のカーネーションを指差して『お花を持って帰っていいですか？』と聞いてね。カーネーションだけでなく、四季折々の花を一緒に選んで花束にしたら喜んでいたわ。『母上におみやげだ』と言って」

「ヘンリー……」

「そして、残念なことに、お亡くなりになった……つまりねエリン、あなたの伯爵令息夫人としての一番の仕事は、生きることよ。あなたを喪ったら、コックス家の男二人はもう、生きる気力をなくすでしょう」

エリンがハッとした顔になった。

「……肝に、銘じます。教えていただき感謝いたします」

「と、ここまで話しておいて申し訳ないのだけど、私、しばらく時間が取れなくなってしまったのよ。この期に及んであまりに無責任だから、事情をお話しすると、私の父が病に倒れてしまって……父の仕事の代理を務めているの」

「え？　だ、大丈夫なのですか⁉」

思いもよらない事態に私は慌てて声をあげた。お義母様のお父様がご病気……。

実を言うと私は、お義母様のご実家については貴族名鑑に載っていること——このアージュベール王国で一目置かれる立派な伯爵家（ロックウェル家とは天と地の差）だということや、王都の屋敷の住所——くらいしか知らない。勝手に外野に聞いて回るのは不作法だというのがロックウェル家の共通認識だったし、それが正しい情報であるとも思えない。

でもお忙しいスタン家の三人に聞くのもなんとなくためらわれここまで来てしまった。必要であれば、必ずルーファス様から話してくださるはずだから。スタン家に忠誠を誓う者として、スタン家の判断を信じた。

と言っても、ルーファス様にとってはおじい様とおばあ様にあたる伯爵夫妻。正直、私は結婚式には会えると思っていたのだ。でもいらっしゃらず……。ただ、スタン領は遠く、あの時は真冬だった。ロックウェルの祖母同様、お年寄りが参列するのは、そりゃあ厳しいよね、と納得していた。

とにかく、いつか時が来たら、紹介してもらえると思っていたのだ。それなのに、初めて聞くおじい様の様子が、お義母様が代理を務めなければならないほどの病状だなんて。

一気に焦燥感が募る。私はまだご挨拶もしていない。一番年若く、フットワーク軽く支えるべき義孫だというのに、なんの役にも立っていない。

お義母様の目の下のクマも、疲労と心労両方が原因なのだ。もちろんお父様を優先してほしい。しかし、

「そ、そうなんですね。お大事になさってくださいませ」

エリンの声に落胆がにじむ。エリンは指導を熱望していたのだ。気持ちは大いにわかる。でも事情を聞けば、どうしようもない。

「二人とも気を使わせてごめんなさい。父ももう……いい歳ですもの。それはそうとしてエリンの結婚までもう二カ月ちょっとしかないわ。結婚してしまえば、いつ時間が取れるかわからない。何より今のまま嫁ぐのはあなたが不安でしょう？」

「確かにそうですが、でも、そのようなご事情ならば……」

「だからね、他の方にあなたの教育をお願いしました」

さすがお義母様、エリンのためにどこかのご夫人に既に話をつけてくださっていた！

「え？　あの、どちらのお方でしょうか？」

心配になるのは当然だろう。見ず知らずの相手が信用できるかなどわからないし、調べるにも時間がない。それによほどの名家でなければホワイト侯爵家は許可を出さないに違いない。

するとお義母様は、なぜか私ににこっと笑いかけた。

「ハリス伯爵夫人です」

ハリス伯爵夫人？　ハリス伯爵家？　ということはつまり——。

「……シンシア伯母様ですか？」

「そう。ピアのご親戚ということで、改めて最近何度かお手紙をやりとりしたの。ハリス伯爵夫人は大変常識的で健全で素晴らしい方。あの方ならば、エリンの知りたいこと、知るべきことを全て偏りなく教えてくれるはずです。そしてハリス伯爵家はコックス伯爵家と多くの共通点があります。有意義な時間となるでしょう」

「……ピア？」

不安そうな顔をして私に振り向くエリンに、ハリス伯爵夫人は我が父ロックウェル伯爵の姉で、私の血の繋がった伯母であること。ハリス伯爵領の概要と、常日頃から頼りになる大好きな伯母であることをざっと伝えた。

「共通点はと言うと——ハリス伯爵家はね、王都を南下した海沿いの領地なの。ホワイト領はもちろんだけど、コックス領にも海があるよね？　漁業の様子も見学できるかも。それに港がある関係で代々嫡男は海軍に士官するのよ。同じ軍人だからかしら？　嫡男のビクター兄様とヘンリー様は、なんとなく同じ匂いがするわ。脳筋……コホン、肉体派っていう感じが」

「ピア、脳筋ってしっかり聞こえたわよ。ヘンリーは確かにそうだけど……もうっ」

エリンはちょっとだけ力が抜けたようで、クスッと笑った。

「ハリス家の従兄弟とも仲がいいの。ビクター兄様は既婚者で、次男のスコット兄様は、今は仕事で王都にいらっしゃるから不在。だから気を使わないでいいよ」

同世代の男性がいると、ホワイト侯爵もコックス伯爵も警戒するかもしれないと思い言い添える。ビクターとスコットに限って、エリンにちょっかいをかけるなんて百パーセントありえないのだが、侯爵たちは我が従兄弟のことを知らないのだ。

「でも、見知らぬ私が突然花嫁修業をお願いするなんて、ご迷惑では……」

「エリン、私が話を通しているのです。切羽詰まっているのでしょう？　ならば甘えておきなさい。あちらも力のある貴族、面倒と思うことを引き受けるお人よしではないわ。アージュベールの貴族女性として次世代をきちんと育てようという責任感、それと、これまでとこれからの縁を大事にしたのでしょう」

「これまでの縁、とはピアでしょうか？」

「そうね。ロックウェル伯爵家とハリス伯爵家はとても親密ですもの。そして、ハリス伯爵家にも年若い伯爵令息夫人がいます」

ビクターの奥様のことだ。

「同世代の次期伯爵夫人と親交を持つことに意義があります。これまで侯爵家ではさほど意識しなかったでしょうが、伯爵家では上と下を見るバランス感覚が重要になります。同じ爵位の横の繋がりは非常に有益なのです」

我が国は公爵家が老齢の公爵様お一人と開店休業中のため、侯爵家の上は王家しかいないようなものだ。

四侯爵家はそれぞれ与えられた広く、課題の多い土地を治めつつ、国の重責を担う。

そして侯爵家に賛同し庇護を求める貴族を傘下にしているが、基本侯爵家が格下の者たちに気を使うことはない。いろんな局面で使えるなら使い、取り立てる。使えないなら見限る。それが許されるほどの仕事量をこなしている。

そんな侯爵家の下に位置する伯爵家は、いわば中間管理職だ。自分の傘下の子爵家、男爵家を適切に管理しつつ、侯爵家や上位の伯爵家の動向を注視し、時代に取り残されないように、さらには下手に出すぎて叩かれないように細心の注意を払って、領民のために生き抜かねばならない。

私の母、ロックウェル伯爵夫人も貧乏ゆえにパーティーや『キツネ狩り』に参加することはめったになかったが、一応末端の伯爵家仲間と手紙のやりとりをしてお茶会に参加していたことを思い出す。

ちなみに肝心な、最重要の情報は、嫁いでもずっとロックウェルを気にかけてくれる、他ならぬシンシア伯母様が先回りして連絡してくれていた。

とはいえ子爵家や男爵家でも、派閥に与し続けるには相当なエネルギーが必要であろう。どんな立場であれ、種類は違えど苦労はつきものということだ。

「そうですね。ホワイト侯爵家にも懇意にしている伯爵家はおりますが、彼らに教えを請うというのも、向こうが困るでしょう。ここは全く縁がないほうがかえっていいのかも……侯爵夫人のお申し出、ありがたくお受けいたします」

お義母様は「よろしい」と言わんばかりの顔でエリンに頷いた。

「時間がないのでしょう？　ホワイト侯爵の許可が取れ次第、向かうといいわ。ピア、仲介者のスタン侯爵家の人間ということで、エリンに同行してもよくてよ？　ピアがいたほうが意思の疎通がしやすくて、事がスムーズに運ぶでしょうし」

エリンがこちらに向きなおり、胸の前で手を組む。

「ピア、父の許可を取れるのが大前提だけど……できれば付き添いお願い！　もう成人している身で情けないけれど、正直少し心細いわ」

シンシア伯母様も伯爵も、ビクターもスコットも気取らない温かな一族だけれど、そんなことを聞いたところでたった一人、知らない土地で知らない人間の中に入るなんて、全く気が休まらないだろう。

「うん、多分大丈夫だと思うけれど、ルーファス様にスケジュールを確認してから返事をするね」

「この場で返事をしても、ルーファスは何も言わないと思うけど？　じゃあピア、お茶の用意をしているから、エリンをきちんとおもてなししなさい。エリンはお父様の結論を私に早馬で連絡するのよ？　では私はこれで失礼するわね」

お義母様が立ち上がると、エリンもすかさず立ち上がり、頭を下げた。

「スタン侯爵夫人、ありがとうございます」

「エリン……私の言うことではないけれど、ケイト様の愛したコックス伯爵家をよろしく。そしてこれからもルーファスとピアと仲良くしてちょうだいね。心を許せる友がいることは人生の財産よ」

お義母様は少し寂しそうな笑顔を残して、退室した。

それを見送って、私たちは大きく息を吐いて脱力し、顔を見合わせて微笑み合った。

「まさかここまで骨を折ってくださるなんて思わなかったわ。きっと大事な娘であるピアの友人だからこそよね。本当にありがたいわ」

エリンの言う一面も当然あるだろう。お義母様は弱者や若輩者の手助けを惜しまないのだ。

でも、先ほどのお義母様の表情から察するに……お義母様はヘンリー様のお母様——ケイト様を大事な友達と思っていたのではないだろうか？　友人が果たせなかったことを少しでも代わりに務めようと思ったのでは？　ケイト様が愛したヘンリー様と、ヘンリー様が愛するエリンが少しでも苦労しないようにサポートしてやりたいと……友として。

今日のお義母様は、ご実家のことで心労が垣間見え、その背後に孤独の影も感じられた。

もちろんお義母様には無敵のお義父様がついているけれど、気兼ねなく話せる同性が欲しい、友達がいなくて寂しい、と思うのは自然のことだと思う。

こんな私でも、お義母様に頼られるようになれるといいのだけれど……。

仕事から帰宅したルーファス様にスタン邸での話を伝えると、首元を緩めながら頷いた。

「母はハリス伯爵家を推したのか。妥当だね。うちと縁戚になったことだし、一気に距離を詰める機会だと思ったのだろう。コックス、ハリスだけでなく、うちにも利がある提案だ。それにハリス伯爵家はコックス伯爵家と通じるところがあるし」

「それは、どちらも武を重んじる家柄だということでしょうか？」

「簡単に言えばね」

そこへ執事のチャーリーがやってきて、ルーファス様に手紙とペーパーナイフを渡した。ルーファス様が速やかに開封し、内容を確認した。

「母からだ。ホワイト侯爵から提案を全て受け入れる、よろしくお願いすると連絡があったって。侯爵は今頃イライラしていることだろう。なんてったって案外力のあるスタン侯爵家とハリス伯爵家に借りを作ることになったのだから」

「ルーファス様、案外って結構イヤミに聞こえますけど？」

「そう？　四侯爵家はあくまで対等だよ？　でもどんなにイライラしようとも、ホワイト侯爵家にもコックス伯爵家にも女主人の使命を教える者がいないことは事実だ。不満であっても頭を下げる他ないよね」

エリンには歳の離れた次期侯爵になるお兄様がいて、既にご結婚済みだ。だから義理のお姉様から花嫁修業を受けさせようと侯爵は考えていたらしい。しかし、おめでたいことに妊娠が発覚し、大事を取って静養されている。

侯爵は初孫の誕生は嬉しく、心待ちにする反面、頭を抱える状態になっていた。

「それで、あのう……エリンがすぐに馴染めるように、私が付き添ってあげようかと思っているのですが？」

「母からもそう書いてある。そういえば、全くの別件でビクターから手紙を貰った時にも、『ピアへ気候のいいうちに発掘に来るように伝えてくれ』と書いてあった。エリンの件を聞いていたのかはわからないけれど、ちょうど重なったね」

なんと、ルーファス様はビクターと連絡を取り合っていた。もちろん仕事絡みではあろうけれど、大好きな二人に接点があるのは嬉しい。

「ビクター兄様がハリス領に来るように誘ってくれているのですか？　すごい偶然⁉」

「確か手紙には『うちは国有地じゃないぞ？』という追伸付きだったよ」

「あ！」

国有地でないということは、つまり採掘した化石はハリス伯爵さえ許可をくれれば、私の裁量に任せてもらえるということだ。

どうしよう、一気にそわそわしてきた。ビクターとスコットから長年話を聞いてきたハリス領の海岸も、いつか発掘してみたいと願っていた場所なのだ。

そんな私の様子を眺めていたルーファス様は、クスッと笑って、顔の前に落ちた私の髪を人差し指で耳にかけた。

「エリンを助けるために行っておいで。エリンには時間がないからね。私も一日くらい顔を出すよ。ハリス伯爵は私にとっても伯父になったことだし、一度プライベートできちんと挨拶しておきたい」

ルーファス様はきっとお願いすれば許可してくれると思っていたけれど、こんなに快く送り出してもらえたら、心置きなく出立することができる。

「ありがとう、ルーファス様」

「うん。採掘道具、忘れないようにね」

軍港基地に引き続き、ハリス伯爵領を発掘する機会も思いがけなく巡ってきた。今年は神の定めた発掘イヤーなのかもしれない？

なんて、ついつい舞い上がっていた私の脳裏に、昼間のお義母様の明らかに疲れを隠している笑みがよぎった。

お義母様は私の愛する家族だ。私は相変わらず手のかかる娘だけれど、できることならほんの少しでもお義母様の負う荷物を軽くしたい。

「ルーファス様、あの、今日、お義母様のお父様がご病気だと聞きました」

「……ああ、そうか。母が直接エリンに教育できない理由が、ホワイト侯爵への説明に必要だから話したのか。うん、私の母方の祖父、マクラーレン伯爵は体調を崩している。でも大したことないから心配しないでいい」

「大したことないのですか？」

お義母様がおじい様の仕事を肩代わりするほどなのに？

「大したことないよ」

「では、お見舞いに行きたいです。同じ王都にいるのでしょう？　孫なのに顔を出さないなんてありえません」

それに、私にもできることがあればお手伝いしたい。おばあ様と交代してベッドの横での看病とか……いや、見ず知らずの女を寝室に入れるなんて嫌か。でも何かできることがあるはず。

「ピアは人見知りだろう？　無理しなくていいよ？」

「人見知りは否定しませんが、ルーファス様のおじい様とおばあ様が恐ろしいはずないでしょう？　それに……ロックウェルにはおじい様がいないのです。今更ですが、私の唯一のおじい様にお会いしたいです」

私には、父方も母方も祖母しか残っていない。そしてルーファス様の祖父母は、前スタン侯爵、侯爵夫人は共にお亡くなりになっている。存命なのは母方のマクラーレン伯爵夫妻だけだ。

「そうだね……ピアならば大丈夫か。マクラーレンの祖父も祖母も、私が言うのもなんだけれど、人格者だから安心していいよ。では、都合のいい日を聞いておくね。見舞いのついでに、私も母に代わって業務を手伝ってこよう。ピアは母も休ませたいんだろう？」

さすがルーファス様は、皆まで言わずとも察してくれる。

「はい！　私もお義母様仕込みの帳簿付けなら自信があります！　お手伝いします」

「うーん、ピアといえどもマクラーレン伯爵家の帳簿は見せられないよ」

「じゃあ、庭の草むしりや水まきは？　最近蒸し暑いでしょう？　それもダメならロックウェルの祖母に鍛えられたマッサージを！」

呪われし料理以外なら、なんでも申しつけてほしい。

「いいね。祖母もきっと喜んでくれる。ありがとう、ピア」

そう言うルーファス様の目は少し潤んでいて……それを見て私は愕然としてしまった。

私に心配をかけまいと黙っていたけれど、既に相当の心痛があったのだ。

私は思わずルーファス様の頬を横につねった。

「痛っ！　何？」

「ルーファス様は心の中に溜め込みすぎです。私が察しの悪いのも申し訳ないのですが……でも、今度から、辛い時は早めに吐き出してください！　ふ、夫婦なのですからっ」

「……ありがとう、奥さん」

ルーファス様は私の腰を優しく抱き寄せ、甘いキスをした。


二日後、ルーファス様とマクラーレン伯爵邸に向かった。

伯爵邸は王都の賑わう地域から離れた北側、かつてキャロラインを迎えに行った医療師団本部の病院の近くとのこと。王都内とはいえ自然が豊かで、空気が綺麗である。

マクラーレンは領地を持たない伯爵家だ。伯爵家でそんなことは聞いたことがなかったので驚いたが、特例中の特例らしい。

「マクラーレンはね、代々国の外交を担う一族なんだよ。世襲ではないけれど、他で学ぶ機会のない海外の文献や情報に幼少から誰よりも接して過ごすだろう？　だからおのずとその道に進む運命だ。代々宰相を務めてきたうちと、事情は変わらないね」

なるほどと頷く。この世界、海外に行けるのはせいぜい王家と高位貴族、恐ろしく頭のいいシェリー先生のような学者くらいで、海外の情報も本や新聞でたまに仕入れられるだけだ。その情報すら真偽のほどは定かではない。

「当主は家族を率いて、その時その時で関係を強固にしたい国に赴任され、全力で公務に励む。だから領地運営などできない。だが、爵位なしでは行った先の他国で侮られるし、そもそもそんな重責を安い俸給で引き受ける物好きなどいないだろう？　祖父の働きに見合った俸給を出すとなれば、伯爵が相場ということなんだ」

家族を率いて、か。ふと前世の外交官一家をイメージする。家族で外国に移り住み、多忙な夫を支えながら、妻はいわゆる奥様外交で友好関係を築き、子どもたちもまた現地の学校に行き、その世代の情報を吸収し……。

「ということは、お義母様も子どもの頃は海外で生活を？」

「そう、合わせて五カ国についていったって」

お義母様、帰国子女だった！　だから大陸共通語だけでなく、いろんな言葉が話せるし、発想が柔軟なんだ。

「アカデミーはさすがに卒業しないとまずいということで、母だけ帰国し、先代のもとから通ったんだ。そこで父に見初められたらしいよ」

「ルーファス様、そのあたり端折らず詳しく！」

お見舞いへの道中という真面目な場面ではあるけれど、これはどうしても聞き逃せない！

「ピアってば、そんな前のめりで聞きたいの？　……つまり母は外国にいたために顔が売れてなかったんだ。王宮の同世代のお茶会も当然欠席していたし。でも外国語を母国語のように話すし、あの性格だから他の講義の成績もいい。さらに知り合いもいないから徒党を組まず、一匹オオカミ。まあ、目立つよね」

「かっこいー！」

若いお義母様がアカデミーの制服を着て、気高く一人凛と立っている姿を想像するだけで、女の私でも惚れてしまう。

「で、父が何者かもよくわからないうちに、母はいつの間にか周りを固められたらしい。とはいえまあまあ抵抗したようだけれどね」

「なんと！　お義父様とお義母様、侯爵家なのに恋愛結婚だったとは思いませんでした。

素敵ですね」

「スタン一族は好きな相手を見つけたら一途だから。特に爵位的に釣り合わないわけでもないし、うちの祖父も反対しなかったって。そうだね、当時既に母に婚約者がいたら、いろいろ危なかったよね」

ちょっと後半の言葉に不穏な想像が頭をよぎったけれど、うん、お義父様もかっこいい。アカデミー時代からずっと、お義母様一筋なのだ。

「話を戻しますと、おじい様とおばあ様が外交のお仕事を引退して、国に帰ったところで、ご病気になった、ということですか？」

「うーん……まだまだ祖父の力を国としては発揮してほしかったけれど、勇退したって感じかな。今は屋敷で祖母と二人、静かに暮らしてる。そして体調を崩してしまい、よくなる兆しがない」

ずっと外国を飛び回っていたのなら、具体的な病名だけでなく、何十年分ものストレスが溜まっていたのかもしれない。

「あの、素朴な疑問なのですが、なぜ爵位を継がせないのですか？」

いくら領地がなくとも『伯爵』を名乗っている以上、相当な実務を負わされているはずだ。高齢なうえそのような労働とそれに付随する責任こそが負担になり、病気が治らない原因になっているのではないかと思う。

　すると、ルーファス様は瞼を伏せ、少し苦しげな表情になった。

「……母には優秀な弟がいたんだ。若いうちから祖父の右腕として頭角を現し、そのうえ陽気で溌剌としていてね。幼い頃よく遊んでもらったことを、まだなんとか覚えている。大好きな叔父……というより歳の離れた兄だった。でも、ある国でクーデターに巻き込まれてね、命を落とした」

「ああ……」

　まさかお義母様が弟さんを亡くしていたなんて……。海外で生活することは、かっこいいなんて簡単に言っていいものではなかった。命がけなのだ。

「周囲の国々が一斉に国境を封鎖したから、叔父の髪の毛一房すら祖父母のもとに帰ってこなかった。だから、跡継ぎがいない。そもそも領地もないからね。祖父は国に返すんじゃないかな。スタン家としては祖父母の意思を尊重するし、そうなった場合の面倒な手続きは肩代わりするつもりだ」

　子どもが先に逝くのは、親にとって地獄だと聞く。前世の私がしでかした罪だ。

「ご病気は……年月で積み重なった悲しみが原因なのかもしれませんね」

　ルーファス様は小さく頷いた。

「マクラーレンの祖父母のこと、これまできちんと話さずゴメン。でも、どうしても辛い話題になってしまうから、日々の慌ただしさを言い訳に後回しにしてしまった。奥ゆかしいピアは、決して自分から聞いてはこないと知っているのに」

それだけスタン家にとって未だに整理のつかない悲しい出来事で、それぞれの傷になっているということだ。やっぱり聞かされなかったことには理由があった。今、教えてもらえたもの。なんの問題もない。

「そういうわけで、父と母に兄弟のいない私には従兄弟がいない。賑やかな兄貴分に囲まれたピアが、ちょっと羨ましいよ」

「うちの兄とビクター兄様とスコット兄様でよければ、いつでも貸し出しますよ！」

私が場を少し明るくしようと、冗談交じりにそう言うと、

「じゃあ、そのうちね」

と、私に合わせてくれた。

ルーファス様の少し沈んだ様子に気づいたのか？　足元で伏せていたソードとスピアがクンクンとルーファス様の膝に顔をすり寄せる。ルーファス様は力なく笑って彼らの頭をかいた。

マクラーレン伯爵邸へ続く小径は、知っている者以外は見逃してしまいそうな木々の間を走っていて、その奥に、二階建ての異国の意匠——アラベスク模様のような——が施された建物がひっそりと建っていた。

「祖母がね、これまで赴任した国々の思い出を、あちこちにちりばめているんだ」

ルーファス様に手を貸してもらいながら馬車を降りると、玄関から年配の男性が出迎えた。

「ルーファス様、ようこそおいでになりました。ますますご立派になられて。そして？」

「リム、大げさだよ。確かに最近は時間が取れなかったけれど。私の妻だよ。ピア、彼はマクラーレンの全てを知る家令のリムだ」

「はじめまして。よろしくお願いします」

私がスカートを摘まんで軽くお辞儀をすると、リムは目に涙を浮かべた。

「ええ、ええ、お待ちしておりました。ささ、中へ。旦那様と奥様がお待ちです」

そう言って先導するリムは見るからに歓迎してくれている様子でホッとしたけれど、涙ぐむって……。よほどおじい様の容態はよくないのだろうか？

胸にほんの少しだけ不安を抱えながら、ルーファス様の後ろをソードとスピアに挟まれてついていった。

濃い茶の重厚な扉の向こうに大きなベッドがあり、その横の椅子から老婦人が立ち上がった。

「ルーファス様、いらっしゃい」

「素敵」

とても上品な声のその人は、お歳を召して皺はあるけれどお義母様そっくりで、ルーファス様は自分より小さなその人を優しく腕の中に抱き入れた。

「おばあ様、ご無沙汰してしまい申し訳ありません」

「本当よ、待ちくたびれちゃったわ。早く紹介してちょうだい」

今日の私はお見舞いということで、清潔感重視の白いワンピースにグリーンのスカーフ。髪もきちんとまとめ、サラに合格を貰った装いだ。弱気になるな！　自信を持て！

ルーファス様がおばあ様から離れて、私を引き寄せる。

「私の妻のピアです。ピア、私の祖母、マクラーレン伯爵夫人だ」

「マクラーレン伯爵夫人、はじめまして、ピアです。よろしくお願いいたします」

「まあまあ！　ふふふ、こちらこそよろしくね。ピア様」

「是非、ピア！　と呼び捨てにしてくださいませ」

ちょっと食い気味にそう言うと、おばあ様はルーファス様をちらりと見て、ルーファス様は微笑を浮かべつつ頷いた。

「……そうね。孫だもの。私たちの大事な。さあ、二人とも座って」

「おばあ様、私のことも呼び捨てでいいんですよ？」

「あら、そうなの？　でもルーファス様は次期侯爵だから」

「おばあ様を咎めたりしませんよ」

おばあ様の横に用意されていた椅子に腰かけ視線を上げると、ベッドには頬がこけ、枯れ木のような腕を布団の上に載せた白髪の老人が、微動だにせず眠っていた。

「あなた、ルーファス様がお嫁さんを連れてきたわよ、起きて」

おばあ様がその老人――おじい様の肩をトントンと叩くと、けだるそうに瞼が上がった。

「また……来てくれたのか？　忙しいだろうに」

掠れて、弱々しい声。おばあ様が水差しを取りに下がると、犬たちがおじい様の真横を陣取った。

「私がおじい様に会う時間も捻出できないとお思いですか？」

「ふっ、それは失礼したね」

おじい様が手を持ち上げると、ルーファス様がいつもどおりといった風におじい様を起こし、背中にたくさんのクッションを当てて、ベッドボードに寄りかからせた。そこへおばあ様が水を注いだコップを渡すと、ゆっくりと半分ほど飲んだ。

「おじい様、私の妻を紹介させてください。ピアです」

私に向けられた瞳は晴れ渡った空の色、お義母様と一緒だ。

「は、はじめまして。ピアと申します。ルーファス様と結婚しましたが、ルーファス様とお義父様とお義母様に甘えて、好き勝手に自分の研究ばっかりしております。どうぞよろしくお願いします」

私はおじい様の目をしっかり見て、当初から考えていたセリフを言い終わり、自分をよくやったと労った。

「ピア、やり切ったって顔をしているけれど、なんだその挨拶は」

「だ、だって、サラが私は小細工などできないからありのままでいいって。ならば変な期待を持たせるよりも、最初からまだまだ発展途上の存在と認識してもらったほうがお互いのためかなと思って、曝け出してみました」

「ピアは発展途上なの？　ビアンカの指導が悪いのかしら？」

おばあ様が頰に手を当て、首を傾げている。

「滅相もありませんっ！　お義母様は教え方も完璧！　私が不器用なだけです」

そこに唐突に、おじい様が小声で話に割って入った。

「あなたは……私のアザが、うつると思わないのかね？」

そうなのだ。おじい様の左頰にはまあまあ大きなアザがあった。もちろんお休みになっている時から気づいていたけれど、うつる？

「え？　うつるアザなんてないですよね？　色も蒙古斑に似てるし」

「ピア、もうこはんって何？」

ルーファス様に尋ねると、尋ね返された。

「あっ……。遠い島国のほとんどの赤ちゃんに現れるアザです。全く無害でその国の人は、見慣れすぎていてなんとも思わない感じでしょうか」

「……よく知ってるね」

ルーファス様はそれ以上追及してこなかった。よかった。

前世では蒙古斑に限らず、成人の友人にもアザのある人はいたし、つまりアザを見ても特に驚きはしない。その友人がレーザー治療で薄くなるとも言ってたっけ。いずれにせよアザはうつるものではない。

「あ、でも待って……確か内臓の病気でも最初にアザができることがあると聞いた記憶が……医療師の先生はなんと？」

大きな病気の予兆であれば大変だ。私が立ち上がってずいっと前のめりになって覗き込むと、おじい様の顔がビクッと固まった。

ルーファス様が私の腰に手を回して引き離し、肩越しに叱る。

「ピア、病人を驚かしたらダメだろ」

「す、すみません」

ルーファス様にデコピンされおでこをさすっていると、おばあ様にクスクスと笑われた。

「あらまあ、仲良しさんだこと。ビアンカの言っていたとおりだわ」

お義母様、一体日頃どういう話をおばあ様に吹き込んでいるのだろう？　せめて、おばあ様にクスリと笑ってもらえているならば、身を削った甲斐がある……などと自嘲しながら席に座りなおすと、おじい様がぽつりと言った。

「……最近、ここまで往診に来てくれる医療師はいないのだよ」

「つまり、医療師不足の影響ということですね」

ベッドから起き上がれないほどの重病な老人、それも貴族であるおじい様すら医療師にかかることができない事態なんて……本当に医療師が足りていない。

次世代の育成も大事だけれど、今、困っている人にはどう手を差し伸べればいいの？　と下唇を噛むと、おじい様が少し戸惑ったように話を続けた。

「それもあるが……まあ、たとえ医療師であっても、アザ持ちなんぞとは関わり合いたくないという人間が多いのだ」

「……は？」

アザ持ちと関わらない？　症状を診るのが医療師なのに？　全く理解できず、教えてほしくて三人の顔を順に見る。

するとルーファス様が、私を無視しておじい様に話しかけた。

「おじい様、ピアはロックウェルでして、科学的根拠のないことは歯牙にもかけない一族なのです」

「そうか……あなたはロックウェル伯爵の娘だったか」

「はい。って、あの？」

おじい様は何か納得したらしく、頷いているが、私はまだ取り残されたままなんですけど？　頭上にハテナマークを浮かべていると、ルーファス様がようやく正解を教えてくれた。

「ピア、世間ではね、アザはうつるとか、前世の罪の痕だなんてくだらないことが密やかに言われているんだよ」

「……ありえません。そんなの百パーセントデマです。私が保証します」

あまりに根拠がなく、しょうもない噂にイライラする。特に「前世の罪の痕」？　そんなことあるわけない。もしそれが本当だったら、あのマリウスは全身アザまみれで真っ黒だったはずだ。

「ピア、珍しくカリカリしちゃって。ともかく、ピアが保証するから間違いないですよ、おじい様」

「……そうだな。なんといってもあなたは〈知のロックウェル〉なのだから。クラリッサ、うつらないのなら追い出さなくてもよさそうだ。お茶でも出してあげてくれ」

「だから私もビアンカも何度もそう言いましたでしょう？　本当に頑固なんだから……ふふ、じゃあ、みんなでお茶でも飲みましょう」

おばあ様はなぜか涙を浮かべていて、でも楽しそうに茶葉を選び始めた。

お茶をご馳走になることは、もちろん大賛成だ。とはいえ、なんだか〈知のロックウェル〉というフレーズが、とっても一人歩きしている気がするんだけれど……。

ルーファス様が、再び横になったおじい様にも見えるようにベッドのそばにテーブルを運び、そこでおばあ様自らお茶を淹れてくださった。ひょっとしたら侍女もアザを恐れているのかもしれない。早めに誤解を解かないと。

「ルーファス様は小さい頃からチーズケーキが好きだったでしょう？　昨夜から仕込んでおいたのよ。召し上がれ」

「おばあ様、いつもありがとうございます」

「ご自分でお菓子を作られるのですか？」

嬉しそうに顔を綻ばせるルーファス様を横目に見ながら尋ねる。基本、貴族は厨房に入らない。例外としてロックウェルの母は入るし、グリーン邸では私もルーファス様もお皿洗いしちゃうけど。

「ええ、外国では食べたいものは自分で作るしかなかったから、いっぱい練習したのよ」

おじい様もおばあ様も、そしてお義母様も弟さんも、国のために前線に立って、普通の人がしないでいい苦労をしてきたのだ。

家族の笑顔のために異国で何度も作ったケーキはカイルにも劣らないプロ級で、甘さ控えめの優しい味だった。

「すっごく美味しいです！　伯爵夫人」

「あらあら、おばあ様って呼んでちょうだい？　ねえあなた？」

「私のことも、よければルーファス様のようにおじい様と呼んでくれ。二人とも結婚式に行けずにすまなかったね」

　孫と認めてもらえたようで、じわじわと胸が温かくなる。

「大方、母を慮ってのことでしょう？　おじい様もおばあ様も気を使いすぎですよ。スタンの領民は外見などで人を判断しません」

　なるほど、アザがある自分が結婚式に参列すれば、お義母様に、スタン家に迷惑がかかると思ったということだろう。そんなこと優しいうちの領民たちは気にしないのに。ロックウェルサイドだってそうだ。私はルーファス様の横でうんうんと頷く。

　しかし、おじい様もおばあ様も困ったように微笑むだけだった。自分たちのこれまでの経験上、人生は綺麗事ばかりではないのだと、悟っているように。

　おじい様はまた少し熱が上がったのか、顔が赤くなっている。私はいそいそと立ち上がり、濡らしたタオルをおじい様の額に乗せた。

「おじい様、おばあ様、これからも私、たまには遊びに来ていいですか？」

　マクラーレン家の帳簿にまで手出しをすることはできないけれど、孫と認められたのだ。おばあ様のお昼寝の間におじい様とおしゃべりしていても許されるはずだ。

「私の顔に触(ふ)れるとは……ピアは本当にこのアザが気にならないのだな。若いのに」

おじい様に心底不思議そうに見つめられ、困ってしまった。

「ピア、身内ばかりだから、思ったことを話していいよ。ほら」

話しすぎるとボロが出そうだけれど、ルーファス様がしきりに促(うなが)すから、おかしな空気になってもフォローしてくれるということだろう。

「あの……アザのこと、全く気になりません。正直なところ、歳を取れば誰でも皺ができるし、瞼も垂れるし、髪も歯も抜けます。それとあんまり変わらないかなって。でもおじい様が気になるのであればガーゼを貼(は)ってはどうでしょう？　お化粧(けしょう)で隠してもいいと思います。確か医療メイクって言うんです……よ？」

「老化現象でひとくくりにされるとは……。クラリッサ、新しい孫によると、私はどうやらアザに振り回されすぎていたらしい」

「ふふふ、老いては孫に従え、ですわね」

いけない、お二人の会話を聞くに、老化を前面に押し出しすぎたみたいだ。

「ちょ、ちょっと待ってください。もう一つ、アザを気にしなくするために、新しい伝説を作るっていう手もあります」

「『伝説？』」

おじい様とおばあ様、やはり長年連れ添ってきただけに、相槌(あいづち)も首の傾げ方もそっくり

だ。

「はい、おじい様のそのアザは、外国生活の最後に訪れた火山で伝説のドラゴンに遭遇し、勇敢にも戦って勝利したものの、最後に苦し紛れのブレスを受けた痕なのです！　つまり勇者の証！」

「「………」」

お二人は、やはり同じように口をポカンと開け、ルーファス様はスローモーションで頭を抱えてしまった。

「ピア……さっき私は君のことを『科学的根拠のないことは歯牙にもかけない』って紹介したばかりなんだけど？」

「もちろん科学的根拠は研究者として一番優先すべきです。でもドラゴン、つまりTレックスが化石なだけでなく、今も世界のどこかに生きていると信じたって別にいいでしょう？　ロマンですロマン」

「はあ……うちの奥さん、科学的根拠を優先する研究者の前に、化石バカだったよ……」

いくら俯いていても、この至近距離ではちゃんと聞こえていますよ、ルーファス様。化石バカ、上等です！

二人でやいやい言い合っていると、なんと、おばあ様が思わぬ意思表明をした。

「うん。私はアザ克服のために、『勇者の証』説を推すわ。決めました」

「おばあ様!?」

ルーファス様がありえない！　といった顔でおばあ様を凝視した。

「だって、パトリックはずっと私と子どもたちの勇者だもの。国からなんの支援もない異国の地で、たった一人で体を張って守ってきてくれたの」

おばあ様はそう言うと、お義母様を上回る優雅さで、お茶を飲んだ。

そんなおばあ様を見て、おじい様はしばらく天井を仰いだ。

「……そうだな。クラリッサが推すなら、私もその設定でいこう」

「おじい様まで!?」

ルーファス様の声が裏返ったのを聞くのは初めてではないだろうか？

「外交の世界では、時にユーモアも必須だよ、ルーファス様」

そう言って初めて笑ったおじい様は、渋い色気を放っていて、この笑みを振りまいていたとしたら、外交も上手くいくはずだ、なんて不謹慎なことを思ってしまった。

「ルーファス様、私たち三人に異論でも？」

私がふざけて問いただすと、ルーファス様は降参ですとばかりに両手を上げた。

「いいえ。よくよく見れば……私もそのアザは『勇者の証』だと思います。おじい様は数ある外交上の難局をたった一人で切り抜けてきた、まさしく……勇者です。私は政務に就き、過去の資料に触れて改めてそれを理解しました。尊敬しております」

孫の言葉に、おじい様とおばあ様はしばらく瞠目したあと視線を合わせ、恥ずかしそうに微笑んだ。

「……自分に余裕がなくて結婚祝いもまだだった。二人とも、何か欲しいものは？」

おじい様の発言がどんどん前向きになる。ルーファス様も今ならば願いを聞いてもらえると思ったようで、おじい様の手を取った。

「おじい様、ではうちのクリスの診察を一度受けてもらえないでしょうか？　おじい様の健康こそ私たちへのプレゼントです。私もピアもおじい様はおじい様ただ一人なのです。私たちにもっと甘える時間をください」

ルーファス様が珍しく感情的にそう言ったので、私は隣から全力で首を縦に振り、援護射撃する。

「そのとおりです。どうか元気になってからビアンカお義母様も呼んで、こちらで改めて私たちの結婚おめでとうパーティーを開いてください！」

「ピア……父も呼んであげて？」

「だって、お義父様はお忙しいでしょう？」

「ピア、わかってないな。一番拗ねて面倒なのは父なんだよ。おじい様、お願いします。父も追加で。おばあ様は、その時はこのケーキを焼いてください。特大のものを」

「こんなに甘えられちゃったら、仕方ないわねえ。だって私たちにとっても孫は二人だけですもの」

おばあ様は、諭すような視線をおじい様に投げた。

「……全て、承知したよ」

お茶を飲み終わったタイミングで、私たちはお暇した。おじい様を疲れさせてはいけない。これからはいつでも会いに来られるのだから、短い滞在で構わないのだ。

その夜、改めておじい様のことを話し合った。

「祖父のあのアザは、徐々に濃くなってね、ピアと結婚する少し前に今の状態になった。すると外国との交渉が上手くいかなくなって、引退したんだ。叔父の死とやりがいのある仕事を失い、完全に表舞台から引っ込んだ」

そしてずっと海外にいたせいで、気の許せる仲間もいない。長年国のために身を粉にして働いてきた人間に待っていた余生がそれだなんて、やるせない。

「そのうちに、気持ちからかあのように体調を崩し、母は見舞いに、祖父の仕事の代理にと走り回っているけれど、私と父は遠慮したんだ。かえって祖父の心を傷つけてしまうかもしれないって」

ならば、私はお義母様のサポートに回ろう。なんだかんだで私も忙しくはあるけれど、今日のおじい様の様子では、そう長い期間にはならないはずだ。

「クリス先生に診てもらえれば、きっと大丈夫です！　クリス先生は優秀だもの」

「そこまでピアはクリスを信頼しているの？　なんだか妬けるな。私も今から医療師養成学校に行くか」

「やめてください。これ以上完璧になったら私が僻みます。今のままで十分です」

「そう？」

　総じて、マクラーレンのおじい様とおばあ様に孫として認めてもらえて、おじい様の目に光が戻って、ルーファス様の日頃隠している優しい心を目の当たりにできた今日は、良い一日だった。

「ところでさ、私もピアのもう一人のおばあ様にお会いしたいよ。お義母様のお母上ならば人格者だろうね」

「リース子爵家の祖母に？　ありがとうございます。ただ、リース領はご存じだと思いますが遠いですよ」

　リース子爵家は遡るとロックウェルの分家で、途中途中で縁づいてきた子爵家だ。ゆえにリース領はかつてのロックウェル領のそばに今もあり……つまり山あいのド田舎だ。

「山地であればあるほど、ピアの化石を求める血は滾るんじゃないの？」

「それはまあ否定しません。でも、とにかく道が悪いので、スタン領よりも日数がかかりますし、休憩する村もすっかり寂れて、宿もない状態で」

ロックウェルの民の大半が移住したあとのその地は、王領になったものの結局ほったらかされている。人口が減れば、宿屋を利用する旅人も減る。中継地帯の衰退は理に適っている。

「それでもそこに人が住んでいる。やがて宰相職を担う以上、一度は行くべきだと思ってる。今後の化石発掘旅行に是非、今度のハリス領と同様に、おばあ様や他の親戚訪問も入れ込もうね」

嬉しい。季節の便りは送り合っているけれど、もう十年は会っていない。

「実はリースにも従兄弟がいるんです。いつか紹介しますね。楽しみができました。ありがとう、ルーファス様」

「こちらこそ、ありがとう」

おじい様の気持ちが変わらぬうちにと、翌日にクリス先生に診てもらうと、やはりアザは健康上害のないもので、体調不良はアザと全く無関係。長引いた風邪だと診断された。

投薬とリハビリ治療により、目に見えて改善しているものの、老齢で体力が著しく落ちていたので、回復には約一カ月という見立てだ。

そのため完治するまでは、引き続きお義母様はマクラーレン家の手伝いに入る。でも、心なしか表情は以前よりも明るく見える。

「じゃあ、行ってくるわね。ピア、あとはよろしく」

マクラーレンの帳簿付けをするお義母様の穴埋めとして、私はスタンの帳簿付けをしようとやってきた。

「お任せください。おじい様とおばあ様によろしくお伝えください」

そう言って右腕で力こぶを作ってみせると、お義母様は目尻を下げて手を振り、軽やかに馬車に乗り込んだ。

書類や資料は動かさないでほしいということで、お義母様の書斎のデスクをお借りする。真っ白いくちなしの花が飾られていて、とてもいい匂いだ。くちなしはすぐ花びらが茶色くしんなりしてしまう。きっと、私が来る直前に生けてくれたのだろう。

足元にソードとスピアをはべらせて、小一時間ほど領収書や請求書などの記帳に集中していると、湯気の立ったお茶が差し出された。

「ありがとう、サラ……はっ⁉」

そこにはなぜか、宰相閣下たるお義父様が、小粒なチョコレートの盛られたお皿をトレイに載せて、立っていた。

「お、おと、お義父様、な、なぜ？　ええっ？」

「おや、愛する娘が家族のために無心になって働いてくれているのを見れば、美味しいお茶をふるまうのは当たり前だろう？　さあ、休憩しなさい」

「は、はひ」

当たり前、なんだろうか？　私は『ルーファス』と入ったペンを脇に置き、カチンコチンになりながらお茶に口をつける。もちろん味はよくわからない。

「父上、仕事をサボってどこに行ってるのかと思えば、こんなところに！」

ルーファス様が頭に角を生やした状態でやってきた。彼もまた今日は侯爵邸であれこれ働いている。彼の仕事はどこであっても無限にあるのだ。

「ん？　その驚きようを見ると、まさか、ルーファスはピアにお茶も淹れていないの？」

「っ！」

お義父様のにこやかすぎる笑みは、挑発にしか見えない。

「お、お義父様、ルーファス様がお茶まで淹れてしまうと、私のできることがなくなりますからっ！」

「そうかな？　愛する妻のためにはどれだけ完璧であってもいいと思うけど。ルーファスはまだまだだね。ピア、味はどうだい？」

「とっても華やかな香りで、美味しいです」

ようやく味覚が戻った。いつものスタン家オリジナルブレンドだ。

「そうか、よかった。お菓子も召し上がれ」

私の前に置かれたチョコレートは、一粒一粒が小さな薔薇を模したもので、これにキュンとこない女子はいないだろう。

私が目を輝かせていると、ルーファス様が大きなため息をついた。

「はあ……私も練習するよ」

「そうしなさい。ピア、記帳はくれぐれも無理のない範囲でね」

そう言ってドアに向かったお義父様を、ルーファス様が「あっ」と呼び止めた。

「父上、昨夜マクラーレン邸に寄りましたら、おじい様が『再来月の閣議には参加する』と伝えてほしいと」

「……そう。私から陛下に伝えておこう。面白くなりそうだ」

お義父様はホッとした表情を浮かべて、隣の自分の書斎に戻られた。

「び、びっくりしました」

私は脱力して背もたれにぐったり寄りかかった。

「マクラーレンの祖父母を元気づけ、母に笑顔を戻してくれたことへの、父なりの感謝だよ」

「そんな、恐れ多いです」

でも、国のトップツーという立場でありながら家族にお茶を淹れてくれる柔軟さに、素敵だな、と思っていると、ルーファス様にジト目で見られていた。

「ふう、まあいいや。ピア、私からも改めてありがとう」

ルーファス様はそう言いながら私の横にやってきて、お行儀悪くもデスクに軽く腰かけて、私と向かい合った。

「いやいやいやいや、ルーファス様やお義父様、お義母様からの感謝が重いです。おじい様にも言ったとおり、アザは私の好き嫌いに全く影響しないだけなんですけど」

「ふーん、ちなみに何が影響されるの？」

「今回は、えっと……手……？」

体を支えるためにデスクの上にあるルーファス様の手に、ちらりと視線を落とす。

「手？」

「その、ルーファス様とそっくりな、骨ばってて血管が浮き出ているおじい様の手がかっこよくて、ルーファス様もおじいさんになったらこんな手になるのかな？　って思ったり……してました」

それを聞くと、ルーファス様は自分の手を持ち上げてまじまじと眺め……少し頬を染めた。そしてすぐにいたずらっぽく笑って、チョコレートを摘まんだ。

「誕生日の夜も私の手を気に入ってると言ってたね。じゃあピア、この手をよーく見ながらチョコを食べるといいよ。どちらも好きだろう？　ほら、あーん」

「え？　え？」

どんどん迫られて、言われるまま口を開けると、ポイッと薔薇のチョコレートが放り込まれ、芳醇な香りと甘さが口いっぱいに広がった。

「いつもより美味しいだろう？」

そう言って、してやったとばかりに愉快そうに笑いながら、私を覗き込むルーファス様。

「いじわる」

もぐもぐと口を動かしながら両手で顔を覆うと、大好きな大きな手が私の手を外し包み込んだ。

「私もピアの、採掘のしすぎで切り傷の絶えない手が大好きだ」

そう、採掘中に軍手はしていても、どうしても傷はできるし、落石があれば打ち身もする。恥ずかしくてその手を隠そうと引く。でも握り込まれて抜け出せない。

「働き者の手だ。そんな可愛い手に私の指輪が嵌まっていることが、たまらなく嬉しい」

ルーファス様はそう言うと、私の手を恭しく持ち上げて、私を見つめたまま手の甲と手のひらに順にキスをした。

ルーファス様はわかっていない。私はルーファス様の手も好きだけど、その声も、視線も笑顔も、全て好きだということを。

お揃いの指輪を身につけて、毎日幸せに浸(ひた)っているのは私のほうだ、と、顔に熱が集まるのを感じながら思った。

第二章 ハリス伯爵家

お義母様の提案から一週間後、私とエリンは王都から南西の沿岸部に位置するハリス伯爵領に向かって出発した。一泊二日の行程だ。

「なんとか天気も持ちこたえそうね。よかったわ」

雨の季節に入ったが、今日はギリギリの曇り空で雨粒は落ちていない。ハリス伯爵領まで道は悪くないけれど、地面がぬかるむと危険を回避するためにスピードが出せないし馬たちも消耗する。

「エリンの日頃の行いがいいからだね、きっと」

エリンにはスタン侯爵家の馬車に乗ってもらった。ホワイト侯爵家の馬車もそれは立派なものだった。でも、親友と一緒に馬車旅する機会など、この先そうあるはずがない。ということで、私とエリンは盛大に駄々をこねた。結婚前に親友との思い出を作りたいのだと。

優しい両家の護衛の皆様はため息をつきながらも許してくれた。もちろん帰路は私がホワイト侯爵家の馬車に乗ることになっている。貴族社会において、貸し借りはきっちりなしなのだ。

私にサラとマイク以下護衛が数人つくように、エリンにも専属の侍女と護衛が付き従っている。でも今、この馬車の中は私とエリンとソードとスピアだけだ。

ちなみにルーファス様は次の休みに訪問する予定である。

「アカデミーを卒業してから、ホワイツや予備役の訓練でずっとバタバタと過ごしてきたから……ピアと二日ものんびりおしゃべりできるなんて夢みたいよ」

「私も嬉しい。お昼のお弁当はカイルに作ってもらったからね」

「やったわ！　楽しみ。当然デザートもあるんでしょう？」

エリンの話を聞くに、王宮で挨拶する程度の仲でしかないハリス伯爵夫人であるシンシア伯母様に、領地采配その他、貴族夫人としての心得を学ぶということで、エリンとお父様であるホワイト侯爵は、ここ数日下準備が大変だったらしい。きっと手土産的なことと か、派閥への根回し……なんかじゃないかと、ふんわり想像する。

これが最善であったと断言できるけれど、それでも、スタン侯爵家とハリス伯爵家（さらに言えば仲介する私の出身であるロックウエル伯爵家）に頭を下げるのは、嫌だっただろうなあとホワイト侯爵の生真面目な顔を思い浮かべながら苦笑する。高位貴族とは半分はメンツでできているようなものだから。

「大変だったけれど、私はホワイト侯爵家とコックス伯爵家が、ハリス伯爵家と縁ができるのはいいことだと思ってるの。あ、ロックウェルのおじ様とおば様とは既にすっかり仲良しだしね」

私の結婚前は、エリンはロックウェル邸に何度も遊びに来てくれて、エリンの真っすぐでたおやかな性格とバイオリンの素晴らしい音色に、父も母も私同様メロメロだ。

「政治の主義主張で対立することがあっても、お互いに人となりがわかり合っていれば、正々堂々と戦えるし、それ以外の時はスパッと切り替えて、有意義な情報交換ができればいいなって」

エリンらしい前向きな考えに、私は笑顔で頷く。この先歳を取れば、政治面などで対立する日が来るかもしれない。それでも、女性同士だけでもこうしてできた縁を大事にしていきたい。若く、自分たちが未熟な頃、共に切磋琢磨して過ごした思い出は、きっと生涯色あせることはないはずだ。

そんな未来の話から、急に過去のアカデミーの話に飛んで笑い合ったり、支え合った日々にしんみりしたり、改めてハリス伯爵家やそこに住む我が親類たちの人となりを説明したりしていると、あっという間にその日の宿についた。

そこでも私たちは無理を言って同室にしてもらい、ベッドの中でルーファス様とヘンリー様の話をヒソヒソとしていたら、サラとエリンの侍女に『夜更かしはなりません！　明日、寝ぼけた顔で伯爵夫妻にご挨拶されるおつもりですか！』と怒られた。

思わぬ結婚前の女子旅を楽しんで、翌日昼過ぎには順調にハリス伯爵領に入った。

ハリス伯爵邸に着くと、まず私たちはそれぞれ二階の客間に案内され、旅装を解き小綺麗に身繕いしたところで迎えが来た。

通されたのは伯母の書斎。初対面は大事だということで、エリンも私もなるべく肌の見えないシンプルな、社交上のルールは全てクリアしたドレス姿だ。

二人並んでソファーに座ると、数分でノックと共にドアが開いた。

久しぶりのハリス伯爵夫人——シンシア伯母様だ。少し白髪が増えて、ますますおばあ様に似てきたみたい。

その後ろから、伯母よりも頭一つ背の高い、濃い金髪の巻き毛にオレンジの瞳の若い女性もやってきた。おそらくこの方がビクターの奥様だ。脳筋なビクターがこんな美人を捕まえるなんてビックリだ。

私とエリンはすかさず立ち上がる。

「シンシア伯母様、ご無沙汰しております。お元気そうで何よりです。私の友人、ホワイト侯爵令嬢を紹介させてください」

「ハリス伯爵夫人、はじめまして。エリン・ホワイトと申します。このたびは温かいお言葉に甘えて訪問させていただきました。何卒よろしくお願いします」

私は侯爵令息夫人でエリンは侯爵令嬢だが、もちろん現伯爵夫人のほうが百倍格上である。よって、しっかりと頭を下げる。

「顔を上げてちょうだい」

声までおばあ様に似てきた。落ち着いた、貫禄のある声。声だけならば、王妃様含む貴族女性の威厳ナンバーワン確定だ。

身振りで座るように促され——こういう一つ一つの仕草ってどうやって身につくものなのだろう？——エリンと元の状態に戻ると、伯母と、その横に女性もソファーに腰を落ち着けた。

「儀礼的な挨拶はここまでにしましょう。時間が限られているもの。遠いところようこそいらっしゃいました。私はシンシア・ハリス。隣は次期伯爵夫人の……」

「リディア・ハリスです。リディアとお呼びください」

「『はい、リディア様』」

オフホワイトの風通しのよさそうなドレスのリディア様、雰囲気は私たちよりもいくつか年上だ。本人の言うとおりにするのがベストだと、エリンと同時に判断した。

「そうね、私はピアと同じくシンシア伯母と呼んでもらおうかしら？　いろんな呼ばれ方

をするとこんがらがっちゃうから」

「では、恐れ多いことですがそのように。私のことはエリンとお呼びください」

「それはホワイト侯爵の手前、無理ね。エリン様と呼ばせてもらいます。まあでも、指導時間以外は姪が連れてきたお友達として接するから、緊張しなくていいわ」

「はい」

最初の対面が終わったところで、侍女がお茶を淹れ、私たちの前に差し出した。

「さてエリン様、コックス家に嫁ぐにあたって貴族夫人の仕事をひととおり学びたいと、心構えを伝授してほしいと、スタン侯爵夫人から伺っています。ご自分がその役割を担えない理由も。ご指名ですので、私の知識を出し惜しみすることなくお伝えしましょう」

「ありがとうございます」

エリンがホッとしたように頭を下げた。ここに来る自体で依頼は引き受けてもらえたとわかっていたものの、本人の口からそう言われるまでは、不安だったはずだ。

「それにね、我が夫が是非そうしてやってほしい、と言っているの。コックス伯爵家とはまだ我々が若かりし頃、軍人とその妻、ということで少なからず交流があったのです。軍人の妻同士だからできる、外に洩らせない打ち明け話などを語ったりね。コックス伯爵夫人は特に騎士団出身だったから内部の状況に詳しくて、若い私はとても助けられたのです」

伯父は今でこそこの領地に引っ込んでいるが、元は軍の将軍だ。よくよく考えれば騎士団長であるコックス伯爵と面識がないはずがない。

伯母の少し寂しそうな表情は、お義母様がお話ししていた時と共通するもので、つくづくヘンリー様のお母様は得難い方だったのだな、と思った。

「そのようなご縁がおありなんですね」

コックス伯爵夫人の話を、いつになく真剣に聞くエリン。戻ってからヘンリー様に伝えるのだろうか？

「そしてうちの息子のビクターも軍人。このリディアも子どもを授かるまでは軍の文官として働いていました。若い世代のあなたたちが上手く交流して、助け合ってくれればいいと願っています」

そういう意図が伯母にもお義母様にもあったのだ。軍人は秘密が多い。ビクターなんて、家族にも言わず出港するらしい。でも軍人の妻同士ならばその秘密の意味を理解したうえで相談したり、時にぼやいたりできるだろう。

「エリン様は予備役なんですってね。あの訓練をいつも私、窓から見ていて感心しておりました」

リディア様の言う訓練が私にはどんなものか早速わからない。これから先、私ではエリンを助けられないことがあるのだ。でもリディア様ならば話が通じる。

「リディア様、ご主人と共に、どうぞ私とヘンリー様と末永くお付き合いくださいませ」

「こちらこそ。エリン様との出会いに感謝を」

私もたまには仲間に入れてほしいなーと思いながら、新しい友情の誕生を心で拍手しつつ見守った。

「というわけで、短い時間ですが、エリン様とリディア、二人一緒に明日からここで詰め込んでいきます。リディアにとっては学んだこともあるでしょうが、復習と思ってエリン様を手伝いなさい。昼食もここで。休憩はなしです。覚悟して臨むこと」

「『はっ!』」

あれ? なんか軍隊式ブートキャンプがスタートした? 私、ついていけるかな?

「ああ、既にスタン侯爵家のやり方を学んだピアには指導しません。ビクターに話は聞いています。うちの護衛がOKを出す場所で好きなだけ化石を掘ってなさい」

「放置ですか!?」

「医療師を増やすために、化石がたくさん必要なのでしょう? 学び終わったことに再び時間を割く暇などないはずよ」

確かに……医療師不足問題が解決しなければ、心にくすぶる焦燥感、罪悪感はいつまでもなくならない。今の私にとって、化石を掘るほうが優先順位は上だ。

私が納得する様子を見て、伯母はパチンと手を叩いた。

「では今夜は部屋でゆっくりお食事を取って、早めに休んで英気を養っておいてね。解散」

伯母の心配りで伯父――伯爵との会食は明日のようだ。私たちは礼をして立ち上がった。

「あ、ピアはちょっと残って」

リディア様とエリンが書斎から退出すると、伯母は立ち上がりピクリと右の眉を上げて、両手を広げた。もちろん私は小走りでその胸に飛び込んだ。

「ピア……誘拐なんてひどい目に……いえ、終わったことを蒸し返しても仕方ないわ。ようこそハリスへ。まさかうちの子たちの中で一番ちっちゃいピアが二番目に結婚するなんて……おめでとう。私だってピアの花嫁姿、見たかったのに。御夫君は頼りになる？　辛い目に遭っていない？」

伯母は私よりも濃い灰色の瞳で、心配そうに私を上から覗き込む。

「伯母様……ありがとう。うん、幸せいっぱいよ」

「あらよかった。返答次第では、優しすぎるあなたの両親――ヒューゴとエマのかわりにとっちめようと思ってたのよ？」

「物騒！」

相変わらず、他家に嫁いでもロックウェルを守ろうとしてくれるシンシア伯母様。その情の深さにただただ感謝しかなくて、伯母の背に回した腕にぎゅっと力を込めた。

翌日からリディア様とエリンへの花嫁修業が始まった。

「お嬢様、みっともないですよ」

「だってサラ、気になるじゃない」

私は花嫁修業が行われている書斎のドアを細ーく開けて、三人の様子を盗み聞きしようとした。

犬を二匹そばにはべらせている私の様子は、廊下側からは隠れようもなく、ハリス伯爵家の使用人の皆様は困った顔で見守っているが……背に腹はかえられない。

しかし、十分ほど聞いたところで、私はそっと戸を閉め、立ち上がった。

「お嬢様、もうよろしいのですか？」

「うん。元々、ずっとここに張りつくつもりなんてなかったのよ？」

「今の内容はピア様が確か……十五の頃に学んだものですね」

マイクが顎に手を当ててそう言った。そうなのだ。伯母の講義の内容は、私にとって新しいものではなかった。

「ピア様、あなた様はうちの奥様からかれこれ十年間学んだということをお忘れなく。奥様は決して甘い教師ではなかったはずですよ」

そう言われて、お義母様に麗しい笑顔のまま何度もダメ出しをくらい続けた日々を思い出した。ついあのお義母様独特の優雅な雰囲気に惑わされてしまったが、確かにあれはスパルタだった。

つまり、伯母の話している内容は、ほぼお義母様から聞いたことのある内容や手法だったのだ。私はちゃんと、花嫁修業を修了していたらしい。

「雨季の晴れ間は有効活用しなくちゃね。早速ハリス領を散策させてもらいましょう」

私は少し気持ちを軽くして、着替えて簡易の採掘セットを準備した。


ハリス家の護衛にまずは海岸を見たいと言うと、すぐに馬車で十分ほどの近場に案内してくれた。

彼らは非常に協力的で、ニコニコ笑いながら、「いやーうちのスコット様にそっくりだ。小動物っぽい仕草がほっとけない」と、口々に言う。まあ従兄弟ですので。

ざっと見た感じ前回の軍港基地と地続きなので、似た化石が多そうだ。我が家の魚竜の家族化石がいるかもしれない。期待が膨らむ。

爪先に貝の化石を発見し、しゃがみ込んで手で表面を撫でていると、ふと懸念が湧き起こった。

この化石を掘り出すとして――ここで採取した化石は国に寄付し、医療師不足解消の資金にすべきか？　せめて珍しいものだけは手元に残して、自分の資料にしてもいいだろうか？　差し迫る夏の学会の執筆状況が手持ちの化石だと筆が乗らず困っているのだ。

いや、珍しいものこそ高額になるから売るべきかも？

うずくまった体勢でしばらく悩んだものの、特に良案は出てこない。

そうしていたら、場所的にちょうど自分の口元にあったのか？　スピアが私の頭に乗っていた麦わら帽子を咥えて走っていった。それをソードも追いかける。

「こらー！　スピアー！」

こんなことが昔――スタン領の森でダガーにも同じことをされたっけ、と思い出していたら、帽子はマイクがさくっと回収していた。

焦っても仕方がない。ひとまず時間は限られているから、採掘を終えてから考えよう。

私ははあっと大きく息を吐き、立ち上がって伸びをした。

二時間ほど許される範囲でスケッチし、これからのスケジュールを検討していると、マイクから終了を言い渡された。

「え？　早くない？」

「もう夏はすぐそこです。そしてここは涼しいスタン領ではありません。さらにピア様、まさかご自分が病み上がりってことを忘れてはいませんよね？　これからも温度湿度を鑑みて、私が屋外の時間は取り決めます。もちろんルーファス様のご命令ですからね」

マイクに凄まれ、私は高速で頷いた。


夜、伯母が私とエリンの歓迎会を開いてくれた。一番の上座に大柄マッチョで、口ひげがキュートなハリス伯爵——伯父がニコニコと座り、角を挟んで隣に伯母、その隣にリディア様。

やはり角を挟んだ伯父の隣、伯母の正面に私が座り、その隣にエリン。エリンは向かいのリディア様と目を合わせ、疲れた顔をして労い合っている。あの伯母の書斎でどんな修羅場が繰り広げられたのか……。でも、仲間意識が生まれたようでよかった。

ビクターとスコットは事前に聞いていたとおり、王都の軍港基地でお仕事中だ。

「それではピア、エリン様、実り多い訪問になりますように。うちの新鮮な魚介類をたくさん召し上がれ」

やっぱり、歓迎の挨拶は伯母だった。伯父はワイングラスを手にニコニコしているだけ。

「ありがとうございます。早速、有意義な学びを得ております……」

エリンも困ったように伯父と伯母を交互に見る。

「あのね、うちの従兄弟たちの話では、伯父様は女性勢を前にすると緊張して言葉が出ないんだって。エリンを歓迎していないとかじゃないから気にしないで。そのうち、リラックスするから。ね！　伯父様」

私がそう言うと、伯父は「説明感謝！」という顔をしてサムズアップした。軍で将軍まで上り詰めた人というのに口下手で人見知りにもほどがある。女性限定だとしても。

伯母が中心となって話題を振るうちに、やがて女性陣は打ち解け、きゃあきゃあと笑い合って食事を楽しんだ。それを聞きながらひたすらニコニコしている伯父様……。

そんな食堂にノックが響き、ドアが開くと、栗色の髪がクルクルと顔の周りに渦巻いた、ピンクのドレス姿の小さな天使がトテテトテと歩いてやってきた。

「ままー」

リディア様が椅子から立ち、自分目がけてやってくる愛し子をさっと捕まえ抱きしめた。

「ピア様、エリン様、ビクター様と私の娘のアイリスです。もうすぐ二歳よ」

「「かわいい〜！」」

「アイリス、お腹いっぱい食べましたか？」

いつも真面目そうな表情を作っている伯母も、さすがに孫には目尻を下げ、柔らかな声で語りかけた。伯母様、もうおばあ様なんだ……ということは、ロックウェルのおばあ様はひいおばあ様⁉

「ぽんぽんいっぱい！　いーっぱい！」

アイリスはお腹を叩いて自慢げに笑った。どうやら別室で夕食を済ませてきたようだ。

「じゃあ、こちらでデザートを食べてもいいわ。今日のお客様は優しいお姉様たちだけだから」

「もちろん！　アイリス様も是非ご一緒に」

エリンも子ども好きなようで、胸の前で両手を合わせて歓迎した。

「ア、アイリス、じいのお膝で食べよう？」

「やー。ばあばー」

「あらあら、じゃあばあばのお膝においで」

伯父様、初めて声を出したのがアイリスちゃんへの呼びかけ！　しかも振られた！　ますます女性の密度が上がった空間で、伯父様は自分の家なのに肩身が狭そう……。

アイリスちゃんを囲んでクリームのたっぷり載ったパウンドケーキを食べたあと、私とエリンはテーブルを辞した。

そしてエリンに与えられた二階の客間に連れ込まれた。ツインルームである私の部屋――ルーファス様がそのうち来ると、確信しているらしい――よりも狭くはあったが、海を一望できるバルコニーがあり、品のいい調度品に囲まれた、美しい部屋だ。

知らない場所で初対面の人間から、決して聞き逃すことのできない講義を丸一日受けていたエリン。ストレスMAXだろう。彼女の話を聞くのは私の仕事だ。と思いながら、エリンに促され、手作りのキルトのかかったソファーに座った。

「もうお腹いっぱいだけど、一応お茶を出すわね。あー濃い一日だったわ」

「お疲れ様」

顔なじみのエリンの侍女は、お茶を淹れると気を利かせて下がってくれた。

「シンシア伯母様は短い滞在時間を考慮に入れて、私に優先順位を聞いたうえで指導してくださるの。二度三度と復習する暇などないからって、区切りのいい時に私がついてきているか何度も確認してくれて。わからないことは絶対その場で解決するように、納得するまで質問しなさいって」

伯母は限られた時間を最大限に使い、自分の知識を全力で詰め込むつもりだ。

「これまでお付き合いがなかったから慣れ合いになどならないし、でもピアの伯母様だから、絶対的な安心感がある。たとえピンとこない中身でも、私のためだと信じられるの。このハリス伯爵家にお話をつけてくれたスタン侯爵夫人に感謝だわ」

エリンにとって伯母は甘えられる相手ではないが、私の親族ということで悪いようにはならないと、素直に学習できるだろう。信頼関係がなければ捗らない。そこまで考えていたに違いないお義母様はさすがだ。

「軍人繋がりでコックス伯爵家とも知らない仲じゃないとわかったし、リディア様もさっぱりした性格でお付き合いしやすい。ビクター様も、ピアの話を聞けば元気なお兄様って感じだし」

「ビクター兄様が私の親友を尊重しないことなどないから安心して。ハリス伯爵家は伯父様を筆頭に、自分を頼る者には支援を惜しまないもの」

そんなハリス伯爵家に昔からおんぶに抱っこのロックウェル伯爵家——あ、最近はスタン侯爵家にもお世話になりっぱなしだった。

「アイリスちゃんも可愛かったわね……あんな小さな子をメインダイニングに入れるなんて本当に仲の良い家族。信じられない……」

社交デビュー前の子ども、特に幼児は、貴族間では半人前と見なされて、マナーを身につけない限りは通常、客人をもてなす食事会には出席できない。

厳格な家は通常の食事ですら親子別とも聞く。エリンもきっと……。

貧乏ロックウェルは小さな食卓で四人、肩を寄せ合って食べていたけれど。ルーファス様は幼少期からマナーが完璧だっただろうから、ご両親と問題なく食卓を囲んでいた気がする。

などと考えていたら、いつの間にかエリンの顔から明るさが消えていて、ためらいがちに言葉を吐き出した。

「ピア……気づいてる？」

「なあに？」

「私のこの花嫁修業のために動いてくださったスタン侯爵夫人も、シンシア伯母様も、リディア様も、誰も私の母のことを口にしないのよ？　触れもしないの。ヘンリーのお母様と違って生きているのに」

「あ……」

　私もできるだけ避けていた。他人が話題にするにはあまりにデリケートすぎるし、何をきっかけにエリンを傷つけてしまうかわからないから。

「口にするのも忌々しいと思う存在なのか、貴族間のもはやタブーなのか。いえ、皆様お優しいから私が困ると思ってのことね、きっと」

「エリン……」

「母の素行は思った以上に知れ渡っていて、責任ある立場の高位貴族夫人からは見放されて、煙たがられている。もう取り返しがつかないんだわ」

　エリンの声は少し震えていた。

　私はなんと言えばいいのかわからなくて、目の前のお茶に手を伸ばした。すっかりぬるくなっていた。

翌日は雨季らしいしとしととした雨だった。私が窓辺でそれを恨めしそうに眺めて肩を落としていると、マイクが近づいてきた。

「おはようございます。本日は採掘には行かないということでよろしいですか？」

「よろしいよ」

私ががっかりした声でそう言うと、マイクはクスッと笑った。

「では、ルーファス様から仕事を預かっておりますが、引き受けてもらえますか？」

「当たり前でしょう！」

ルーファス様からの仕事はむしろ最優先というのに！

私はマイクから街歩き用の服と指定され、簡素なワンピースを着て馬車に乗り込んだ。

「あら？　ソードとスピアは連れていかないの？」

「はい、これ以上ないくらい安全な場所に行きますので。ソードたちも今日は休みです」

馬車は海岸線に出て、昨日スケッチした場所が見渡せる街の一角で停まった。すぐ目の前に赤い瓦屋根の平屋が見える。ここが目的地のようだ。

「ピア様、雨が強くなりましたので、さっと店内に入りますよ。よーい、ドン！」

マイクが馬車の扉を開けると同時に、なぜか建物の赤いドアも開いた。私が一目散に室内に入ると、後ろでマイクがバタンとドアを閉めた。

目の前に、胡散臭い笑みを浮かべた知り合いが待ち構えていた。

「ピア様、いらっしゃーい！」

「……どういうこと？」

意外すぎて目が点になった。王都の地質調査ギルド長、ジェームズがいる。

「ようこそ、地質調査ギルド、ハリス支部へ〜！」

なぬ⁉

地質調査ギルド・ハリス支部は広めの受付カウンターと、テーブルセットが四組、そして奥のスタッフルームのみと実にわかりやすい構造だった。

そのテーブルセットの一つにジェームズと向かい合って座る。店内にはギルド本部でお世話になっているベテランスタッフ一人と、マイクと、マイクよりも縦横大きな護衛が二人。物騒な得物を腰に下げている。

「開店すぐは、妙な輩に絡まれますからね。見た目で追っ払うのが一番早いので連れてきました」

この海沿いの街の小さなギルドとしては明らかに過剰防衛では？　犬たちがお休みを貰えた理由がよくわかった。

「で、ジェームズ、あなたどうしてここにいるの？」

「組織の立ち上げ支援です。そしてピア様を待ち構えていました」

そう言ったジェームズはいつもどおり悪い顔だった。

「ここに支部を作ることはルーファス様の指示？」

「はい。こちらの嫡男(ちゃくなん)が呼びかけたそうです」

「ビクター兄様が？」

ジェームズの話によると、先日軍港基地でルーファス様に会ったビクターが、私の――ひいてはロックウェルの役に立つだろうと働きかけたらしい。

ついつい忘れがちだけど、地質調査ギルドはスタン侯爵家とロックウェル伯爵家の共同設立・運営の組織だ。ロックウェル伯爵家の一番の協力者を自認(じにん)するハリス伯爵家が協力を願い出るのは、当然と言えば当然の流れ。

それを受けてすぐさまルーファス様もビクター兄様も行動に移したということだ。

「マイク、ルーファス様とビクター兄様は仲良く話し合いできているの？」

「心配することは何もありません。お二人とも立場のある大人ですので。今回のピア様の滞在も含め、スタン侯爵家とハリス伯爵家は急速に連帯を深めております」

なんか私のことを暗にお子ちゃまだと言われている気がするのだが……。だとしても、スタン侯爵家とハリス伯爵家の結びつきが強くなることは、私にとってこの上ない喜びだ。

愛する親族同士が敵対するような事態は、今後も全力で避けたい。

「この海岸で発掘(はっくつ)したものをすぐに鑑定(かんてい)したり買い取ったりするために、この立地になっています。つまり化石調査、発掘、鑑定がメインで、測量や地図作成部門への依頼はここでは受付だけして、本部に取り次ぐ体制です」

「そうなの。ならばこの広さで十分ね。ハリス領にも拠点ができて嬉しい。私も微力ながらお手伝いすることがあったら協力するから！」

「いやー！　いい言葉をいただきました。では早速お仕事をお願いしますよ」

「え？」

私が驚いている間に、ジェームズは嬉々としてテーブルの上にアンモナイト、カエデ、シダの化石とオパライズを並べた。そして一通の手紙を私に差し出した。

「先ほど早馬で到着しました」

それは我が黒鷲の紋章入りの封筒だった。

宛名が私であることを確認して、手渡されたペーパーナイフで慎重に開封する。便せんと、日頃の地形調査依頼などで見慣れている国からの封筒が同封されていた。そちらも同じように開ける。

中には『スタン博士ならびに地質調査ギルドへの国による化石売却（医療師不足解消資金捻出）事業への独占参加（化石採掘と商品化）』の任命書と、『スタン博士への化石の価格設定』の要望書の二通が入っていた。

ジョニーおじさまことジョン国王陛下、そしてお義父様である宰相閣下はじめ関係閣僚のサインが全て記入されている。つまりこれは決定事項であるということ。

最後に同封された便せんを見れば、愛する人の走り書きだった。

『ピアがただ働きのような不利益やおかしな責任を負わされないように、正式に任命させたからね。ピアのやり方、ペースで進めていこう。もちろん化石の金額等全て私も目を通して妥当か判断するから安心するように』

任命させたからって……。ルーファス様の通常どおりの強気に苦笑する。

医療師不足の対策のための化石掘りは、私の裁量でのびのびやっていいということだ。よそとの調整や根回しなど面倒くさいことは、辣腕のルーファス様に任せていいと。

「愛されてますなあ」

ジェームズが全ての書類を流し読んだあとにニヤニヤしながらそう言うので、彼の手の甲をむにっと抓ると、なぜか彼はマイクに真顔で向きなおった。

「おい、今の絶対報告するなよ！　まだ死にたくない！」

「でもピア様に触れられましたからねえ。ジェームズは最近調子に乗りすぎだしちょうどいいでしょう」

「ちょ、ちょっと！　何その私のバイキン扱いは!?」

二人の会話に私が唖然としていると、マイクが「お気になさらず」と笑顔で言う。気にします！

「ピア様、話を戻しますと、これまで既に売却した化石は、医療師不足支援の至急案件の暫定措置として、改めての価格のつけなおしはなし。購入したものはそのまま所有してよしとのことです。まあ、金額は今後のサンプルにはなりますが」

「ああ、よかった」

今更我が家の魚竜を手放すつもりはないのだ。ルーファス様の気配りは本当にぬかりがない。

「ご納得いただけましたら、ピア様、こちらにサインを。……はい。ではこれを返送したのちに閣議承認され、施行の運びになります」

達筆な大人の皆様のサインの下に署名するのはある種の拷問だった。初心に戻って字の練習をしたほうがいいかもしれない……などと考えているうちに、二枚の書類はマイクが丁寧に封筒に入れて、ドアの外の部下に手渡した。雨音が室内に響き渡る。

「雨脚がますます強くなってる。急がなくてもいいのでは？　温かいお茶を一杯飲んでから発ったら？」

「き、鍛えておりますのでご心配なく！」

若い護衛さんはニコッと笑いながらお辞儀して去っていく。

「男をお茶に誘う……これも報告すんのか？」

「彼は接触一度目なのでセーフです」

マイクとジェームズが何やらぼそぼそと話しているけれど、雨の音で聞こえない。なんとなく私をおちょくっているような気がする……。でも、王都に出てきたスタン領出身者が皆仲良しなことは何よりだ。

ドアが閉まると、ジェームズは「というわけで」と話を続けた。

「先日の軍港基地の発掘では、この机の上の化石あたりがメジャーなものでした。まず第一弾としてこれらの金額を決めましょう。それを基準に大きいものは高く、小さかったり欠けたりしているものは安く設定します。ほぼ同じ大きさの化石を全ギルドに設置し、買い取りや販売をします」

「基準化石を作るってことか。効率的ね」

ちなみにギルドは現在、王都、スタン領、ロックウェル領にあり、ここハリス領で四店舗目である。

「もちろん滅多にない化石が持ち込まれた場合は、直接ピア様に鑑定してもらいますので。早速ですが、このアンモナイトに値段をつけるとすれば？」

大好きで、どんな大きさであっても価値のあるアンモナイトに値段をつけることは、優劣をつけるようで辛いけれど……前世の知識を参考にやってみる。

「うーん二十センチね……三万ゴールドって感じかな」

「なるほど。ではそれを原価にしましょう。で、売値は三倍の九万……じゃ、キリが悪いので十万ってとこかな」

「た、高くない？」

ジェームズの強気な価格設定に目を丸くする。

「採掘後、磨きやら鑑定やらナンバリングやら、まあまあ人の手が加わるようになったでしょう？　ピア様の頭には人件費が入っていない。もちろん働き頭であるピア様も労働量に見合った報酬を得るべきです」

化石採掘は界を跨いでも消えなかった生き甲斐だから、そんなものはいらないのだけれど……と、ちらっと頭をよぎったが、アンジェラはじめ他のギルド員のことを思い、考えを改める。前世とは違い、何から何まで手作業なのだ。

「ジェームズの言うとおりね。だとしたら国有地から採掘した品や、各領地で採掘し、医療師不足解消資金の足しにと善意で寄付してもらった品についても、人件費や諸経費というギルドの取り分をきちんと決めておいたほうがいいかも」

「確かに、トラブルになりかねないですね。ギルド長と国の担当者との打ち合わせをセッティングしてもらいます」

マイクが手帳に書き留めた。

「了解。頼んだぜ」

「マイク、私は行かなくていいの？」

「ピア様、大人に任せましょう」

いや、私もやがて二十歳のいい大人ですけど。それも既婚者だけれど。まあしかし、交渉事は得意な人に任せたほうがいいだろう。

自分のために今後の化石事業をまとめてみる。

・化石の原価を決め、私を中心に証明書を書く

〈寄付分〉

・原価（例・千ゴールド）へギルド取り分（人件費等諸費用　例・二千ゴールド）を加えたものを売価（三千ゴールド）にして販売

・売れたらギルド取り分を差し引いた金額（千ゴールド）を、医療師不足解消資金として国庫へ

〈個人のギルドへの持ち込み分〉

・違法入手でないことをしっかり確認後、原価（例・千ゴールド）の五割の金額（五百ゴールド）で買い取る

・原価（千ゴールド）へギルド取り分（二千ゴールド）を加えたものを売価（三千ゴールド）にして販売

・売れたらギルド取り分を差し引き（千ゴールド）、原価と買い取り額の差額（五百ゴ

ールド）を医療師不足解消資金として国庫へ

「ジェームズ、これで合ってる？」

「概(おおむ)ねは。人件費などの相場のリストは追ってお届けします。各所に共有すべきでしょう」

そんな話をしながら、私はジェームズが次々にテーブルに載せる化石に値段をつけていった。売れる見込みのある金額になるように、苦心しながら。

責任重大でヒヤヒヤするものの、最終チェックはルーファス様がしてくれると聞いたことで、かなり気分が楽になった。

晴れ間にはマイクと犬たちと一緒に化石を探し、雨が降ればギルドの手伝いに入り、伯父と伯母に最近のロックウェルの状況を説明しつつお茶をして、夕食後はぐったりしたエリンのぼやきを聞きながら肩を揉(も)む。

そうしているうちにあっという間に週末の休日がやってきた。

もう残りの日程もわずかとなり、マイクに午前中だけと無理を言って小雨(こさめ)の中、採掘をする。近場の海岸で足元の濡れた二枚貝の化石にハンマーを振り下ろしていると、大好きな人の声が街道方面から聞こえてきた。

「ピアー！」

「ルーファス様！」

なんと、ルーファス様はビルはじめ護衛を数人引き連れて、騎馬でやってきた。私が足元に気をつけながら道に上がるのと、ルーファス様が馬から下りるのはほぼ同時だった。

「まさか、馬で来るなんて。風邪をひいてしまいます。マイク！」

私はマイクから傘を受け取り、ルーファス様の頭上に傾けながら出迎えた。彼の乗馬服はしっとり濡れて、アッシュブロンドの髪からは、数筋の雨が顔に伝っていた。

「このくらいの雨、どうってことないよ。馬ならば半日で着くからね。早くピアに会いたかったんだ」

そう言ってにこっと笑うルーファス様は、リアル「水も滴るいい男」だった。ちょっとときめいた私は間違っていないと思う。

ルーファス様は私から傘を受け取り、二人とも濡れないように私の肩を引き寄せた。私は雨衣を羽織っているから心配しなくていいのに。

「た、たった数日ぶりじゃないですか。ともかくお疲れ様でした。さあ、ハリス邸に戻って、入浴させてもらいましょう」

夏を前にしたこの時季であっても、王都から雨に当たりながらここまで走ってきたのなら、体は冷えているだろう。温かいお湯に浸かれば、疲れも取れるはずだ。

「いや、ちょうど王都から帰宅したスコットとこの手前で出くわして聞いたのだけど、今日はこのまま雨が止めば、浜辺で歓迎パーティーをしてくれるそうだ。ガーデンパーティーみたいなものだろうか？　きっと汗をかくからそのあとに入浴させてもらうよ。あ、ピアも汚れていい服で来るようにってさ」

浜辺で汚れる覚悟のパーティー……斬新すぎる。私はこのまま発掘ルックでいいだろう。

「その話を聞いて察したと思いますが、ハリス伯爵家は王都の上品な貴族家とは一線を画しますので……無礼があるかも。私に免じて許してください」

「それはますます楽しみだ」

ルーファス様はそう言うと、相合傘を低く下ろし、私の正面への視界を塞いだ。え？と不思議に思った瞬間、横から首を傾けたルーファス様に、熱烈なキスをされた。誰にも、見られて、いない、はず。

彼が、少し掠れた色っぽい声で、固まっている私の耳元で囁く。

「数日とはいえ、離れて寂しかったよ、ピア」

「わ、私も！」

「うん。で、そろそろその握り締めているハンマー、下ろそうか。さっきから振り上げて

てちょっと怖い」

「あ」

黄昏時の浜辺で、組まれた材木に火が投じられると、わーっと歓声があがった。

そして廃材を利用したようなコンロで炭が真っ赤に熱せられ、その上で海の幸がジュウジュウと焼けている。

ハリス伯爵家の歓迎パーティーはまさしく前世のキャンプファイヤーで、バーベキュー大会だった。

「ようこそ、ルーファス様、エリン様、ピア。三人の来訪を心から歓迎する。今日は無礼講だ。皆、食べて飲んで大いに楽しんでくれ！」

開会の挨拶はビクターだった。この週末は陸にいたらしく、駆けつけてくれたのだ。

「それと、火の周囲は危ないから、今日の料理担当は男だ。女性たちは座っていいぞ！」

「料理って、焼いて塩コショウを振るだけでしょう？」

リディア様の呆れたような声が聞こえ、どっと笑いが起こる。

「その焼き加減が重要なんだよ。準備してくれた皆もコップを持ったか？　では新しい縁に、カンパーイ！」

「「「「カンパーイ！」」」」

なんと、ハリス伯爵家とその客である私たちだけでなく、使用人も、ご馳走を持ち寄ってくれたとみられる近隣の領民も皆、さも自然にコップを高く上げた。本物の無礼講だ。

「じゃあ、私も手伝いに行ってくるよ。楽しみにしてて」

ルーファス様は苦笑しながら、シェフになるべくバーベキューコンロ？　に走った。

私は浜辺にゴロンと転がされた丸太に座るエリンのもとに行き、隣に落ち着いた。エリンはパンツスタイルの乗馬服だ。まさかこういう機会に着ることになるとは思わなかっただろう。

「ふふふっ、リディア様ってば、ビクター様を尻に敷いてるみたいね」

「本当。夫婦仲が良さそうでよかった。ロックウェルの祖母にも伝えなくちゃ」

二人で少し離れたところから、ハリス伯爵領の日常を観察する。

ビクターや領民の世話役さんに囲まれて、ようやくノビノビとした様子で金網の上のエビをひっくり返している伯父。元気に走り回って砂だらけになった子どもたちの顔を、タオルで拭っている伯母。「困った子たちねえ」という声が聞こえてきそうだ。

「昼間の鬼教官ぶりとは全然違うわ」

伯母のことを鬼教官！　言い得て妙だ。

「伯母様に言っちゃおう」

「もう、ピアってば冗談よ！　絶対にやめて」

「おまたせ。二人とも、腹は減ったかな？」

ビクターが山盛りの海の幸の炭火焼きを持ってやってきた。ルーファス様はその後ろから飲み物のお代わりを運んできてくれた。

「殻付きの大きな貝に串焼きのお魚、なんて豪快なの！」

エリンが目を丸くしている。

「エリン様、味も最高だから、焼きたてを食べて食べて」

「ビクター様、ルーファス様、ありがとうございます。お二人に料理してもらったこと、絶対にヘンリーに言って見習わせなくちゃ」

エリンが立ち上がり、笑顔でご馳走の載ったお皿とコップを受け取った。

「ピア、どうだ。化石は掘れたか？」

ビクターが私に笑いかける。先日会った時よりも、顔がこんがり焼けていた。

「うん。とっても楽しく過ごしてる。ハリス領最高。兄様たちが昔から自慢していたわけがよくわかったわ」

ビクターが「ありがとう」と言いながら、私の頭を撫でた。まだまだ子ども扱いだ。

「ピア、学会が近いから焦ってるって小耳に挟んだけど。今回採った化石は自分で持ち帰って、それを材料にしなよ。なんでもかんでも国のためって思わなくっていいんだ」

そんな内輪の話をビクターの小耳に挟めるのは、うちの旦那様しか思いつかないのだが。

「兄さんの言うとおりだよ」

いつの間にかスコットが、そして伯父、伯母、アイリスちゃんを抱っこしたリディア様も私たちのもとへやってきていた。よく考えれば、今日はエリンと私たち夫婦の歓迎会なのだから、挨拶に来てくれてもおかしいことではない。

「ピア、掘った化石を手元に置いて研究発表することも、国への貢献に繋がるよ。研究は乗り気で前向きにしたほうが、ひらめきがあるでしょ？　そのためにも、ね」

スコットと私は同じタイプだから、彼が言わんとすることは百パーセント理解できる。

正直なところ今回発掘した化石は全て、国に提出しようと思っていた。医療師養成は待ったなしで、提言者は他ならぬ私なのだから。でも、そう言われると気持ちは揺れる。

すると突然大きな、丸太のような腕が、私の肩を抱いた。伯父だ。

「化石という方法がなくともハリスは十分にアージュベールに貢献している。今回はピアに結婚祝いとして全て渡すことにしよう。国に寄付するかどうかは発掘の都度私が決める。なんてったってこの土地は私のものだからな！　がははっ」

ようやく本調子になった伯父がそう言って、私に茶目っ気たっぷりにウインクした。

「よ！　おやじ、カッコいい！」

「さすがお義父様！　私の自慢です。ねえ、アイリス？」

「じい、しゅきー」

最後に、伯母が目尻を下げながら自分の家族を見回したあと、私に向かって頷いた。化石を研究したい。売って一日も早く医療師不足問題を解決したい。どちらも本心で、正解を見つけることができず、身動きの取れない私の背中を、皆が優しく押してくれる。私は幸せ者だ。

「よかったね、ピア」

そして私の葛藤を見抜いて、ハリスの皆に手を回してくれたのは……ルーファス様だ。

「はい！」

懸案がなくなった私は、いつになくモリモリ食べた。ルーファス様が私とエリンのお皿に次々と美味しいところをよそってくれるのだ。

伯母たちは私たちに一声かけて、再び領民のもとへ戻っていった。

それを見送ったエリンもリラックスした表情で、上品に串に挿したエビを齧っている。

「ピア、見て。星が出てきたわ。明日は晴れるかも」

下界の力強い炎から空に目を移すと、雨雲が切れて星が瞬き始めた。賑やかな人の声の向こうから、打ち寄せる波の音もあたりに響く。自然と人の営みが共存する光景だ。

「エリン、屋外って気持ちがいいね」

「ええ。屋外だからこそ、みんなかしこまることもなくって楽しいわ。ここはとても……領民と距離が近い。ホワイト侯爵家とは全然違うわ」

「土地が違えば比べることはできないよ」

一概にどちらが優れている、正解だなどと言うことはできない。

「まあね。でもコックス領はうちよりもここに似てると思うの。伯爵夫人教育だけでなく、こういう体験そのものが参考になるわ。いろいろ考えさせられる。あんな風に信頼し合えたら……」

私は頷きながら、ハリス領の普段着の姿をここまで曝け出してくれた伯母たちに感謝した。

エリンが羨望を込めた目であちこちを見渡すので、私もイカ焼きにかぶりつきながらそれにならうと、隣の丸太の椅子で、ルーファス様がスコットのお皿にあれこれ焼きたての串焼きを載せていた。

「スコット、せめてそのくらいは食べないと体力がつかないよ」

「ええっ？　こんなに……」

スコットが弱々しい声をあげている。ルーファス様は、どうやら私と気質の似ているスコットも保護対象にしたようだ。

「そうですよ、先生。食事はきちんと三食バランスよく！　といつも患者におっしゃってるじゃないですか！」

聞き慣れない高い声に背筋を伸ばして覗き見ると、スコットの奥に十代前半と思しき少年がぴっとり寄り添い、スコットを甲斐甲斐しく世話していた。

私の視線に気づいたルーファス様が戻ってきて、エリンと反対側に腰を下ろした。

「ルーファス様、スコット兄様の面倒までありがとうございます。さあ、そろそろルーファス様も召し上がれ」

「うん。あの子がスコットの弟子第一号だそうだ。彼がついていれば私は不要だね」

それを聞いてもう一度、師弟のほうを見る。利発そうな少年とスコットが炎を見ながらご馳走を食べている。仲が良さそうだ。

すると、少年と同じ年頃の男女三人が一斉にスコットを囲み、何やら言い募って手を合わせて拝んでいる。

「ああ、自分たちも弟子にしてくれって頼んでるみたいだ」

確かスコットは二人くらい弟子を取ると言っていた。まだ枠があるのだ。医療師になりたい子にとって、スコットは信頼できる領主の息子で穏やかな性格。師匠になってほしい人材ナンバーワンかもしれない。

「わースコット、もてもてだ。でも子どもの勢いにたじたじになってる」

「ピアの従兄弟は二人とも気さくで素敵ね。ビクター様は、ほら」

エリンの指差す方向を見れば、パンツの裾をまくり、裸足になったビクターがアイリスちゃんを肩車して、波打ち際で寄せる波と戯れていた。アイリスちゃんは久々に会えたパパに甘え、数歩前を行くリディア様が、二人に振り向き笑っている。

隣から、はっと息を呑む音がした。

「あの子、あの瞳……」

ルーファス様が気づいたとおり、アイリスちゃんの瞳は薄灰色だ。彼女もやがてロックウェルの血を受け継ぐ研究者になるかもしれない。そうなれば伯母は保護対象が増えてますます大変だ。

「出会った頃のピアと、よく似ている……」

「そうですか？　髪は全然違うのに」

エリンは膝に頬杖をつき、微笑ましそうに眺めた。

「ねえピア、ヘンリーも……子どもを肩車するかしら？」

「ヘンリー様なら間違いなくするよね。もっとアクロバティックな遊びをするかも？」

「子どもを肩車……スタンの森を……女の子でピアに似ていたら……どうしよう。嫁になど出せない……」

「ルーファス様？」

思いのほか子煩悩なビクターの様子が私の大好きな二人の胸には刺さったようで、それぞれ瞬きもせずに注視して、考え込んでいる。

幼い私を可愛がってくれたビクターが長じてイクメンになったのは、私にとって既定路線だけど、貴族男性としては珍しいことなのだろうか？　なんにしろビクターの株が上がったのはいいことだ。

そしてハリス伯爵家のキャンプファイヤーは、軍の円陣から考案したという、参加者全員で火を囲んで手を繋ぎ、「頑張るぞー」「「「おー！」」」の発声で終了した。

「大したものだな、ハリス伯爵家は」

「ええ、今度は是非、ヘンリーも連れてきたいわ」

右手にルーファス様、左手にエリンと両手に花状態？　の私は最高の夜を噛みしめながら、お屋敷に戻る列に加わったのだった。

第三章　友のために

ハリス伯爵領で十日間有意義な時間を過ごした私とエリンは、伯母とリディア様と抱擁を交わし、再会を約束して別れた。

そして翌日、どしゃぶりの王都に戻り、エリンの馬車から素早く降りて別れたあと、真っすぐスタン侯爵邸に向かった。

今回のハリス伯爵家での花嫁修業の計画立案者であるお義母様に、シンシア伯母様から預かった手紙を渡し、あちらでの様子を報告するためだ。

真剣な表情で手紙を読むお義母様の顔からクマは消えていた。きっとおじい様の容態が安定し、きちんと眠れているのだろう。よかった。

「エリンは伯母やリディア様とも打ち解け、大変充実した表情で帰っていきました。お義母様にくれぐれもよろしくと、改めてお礼に伺いますと言っていました。私も雨のない日は海岸に入り浸りで大変満足です」

「そうみたいねえ。鼻の先がこんがり焼けてるわ。大方、雨の時季だから日焼けしないと油断したんでしょう」

「うそっ！」

デスク越しに閉じた扇子でちょんと鼻先を突かれ、慌てて両手で覆う。その様子を見て上品に笑ったお義母様は手紙を丁寧に畳み、既決箱に入れた。

「エリンには結婚してからゆっくり来るように言ってちょうだい。今は疲れを取って、結婚準備に注力すべきです。あの家には女性の身支度をチェックしてくれる人間がいないのだから、なおさら……。私はいつでもここにいます。どこにも行かないわ」

「……すぐに伝えておきます」

エリンにその旨をしたため手紙を送ると、私は再び馬車に乗った。今度はロックウェル邸に挨拶だ。伯母からいろいろと預かっているのだ。

「ピア、サラ、マイク、いらっしゃい。長旅で疲れているでしょうに悪いわね。でも来てくれて嬉しいわ」

母は私たちにタオルを渡し、馬だったので雨衣を脱いでも中まで濡れているマイクの背中を自ら拭き始めた。完全に我が家の婿状態だ。

「お、奥様、申し訳ありません！」

「そのままでは風邪をひいてしまうでしょう？　いいから後ろは任せなさいな。いっそ着替える？　でもラルフのものだとマイクには小さいわよねえ」

マイクはきっとこれしきでは風邪なんてひかないけれど、照れ臭そうに、背の低い母のために体をかがめて拭いてもらっていた。

雨だからか父も在宅で、応接室に皆で集まり伯母の手紙を渡す。

「姉さんのところも皆元気そうだね。よかった。ピア、お疲れ様。ピアのおかげでエリン様がすぐに馴染んでくれて、指導が捗った、と書いてある。エリン様のことも大変優秀だったと褒めているよ」

「当たり前じゃない。エリン様は賢く美しいだけでなく、性格もとても可愛らしくてバイオリンも上手い、我が国のお姫様なんだから！」

母はエリンの熱狂的大ファンではあるけれど、その言葉は大げさというわけでもない。

アージュベールには今、王族に姫がいない。つまり、アメリアとエリンは我が国で最も高貴な若い貴族令嬢で、戦時中であれば和睦のために他国の王族に嫁がされてもおかしくない身分なのだ。

そんなお姫様と私が親友なんて、かなり不釣り合いだけれどももう遅い。私はその座を生涯死守するつもりである。

「まあ、お義姉様、海藻や魚の干物をたくさんお土産にくださったのね。嬉しい。今日の夕食はこれで決まりね」

伯母からのお土産である箱の蓋を開けて、母が目を輝かせている。流通の発達していないこの世界で、産地直送の新鮮な魚介類はなかなか手に入らず、あっても高級レストランでしか食べられない。

「ピアも持って帰ったら？」

「うーん、ルーファス様が干物って想像できないけれど、でもあちらで浜焼きは美味しそうに食べていたから、ものは試しでちょっと貰おうかな」

「そうなさい。マイクやサラはじめ、グリーン邸で働いている方の分も入れておくわ」

「奥様、恐れ多いです！」

サラがお茶を淹れ、皆に配りながら声をあげた。

「ピアがお世話になってるんだもの、遠慮しないで。そして是非感想を聞かせてちょうだい。そもそも生ものだから、美味しいうちに食べたほうがいいのよ。お義姉様に報告するから。でも、干物なんて漁師町の食べ物、グリーン邸のシェフはビックリするかもね」

母はそう言って、ニコニコとお土産を選別し始めた。

「ラルフは今、職場だな。ちょうどいい。マイクもちょっと座って」

父に促され、マイクは不思議そうな顔をしつつ私の横に一度頭を下げて腰かけた。

「実はね、最近パスマの使者が私の職場に頻繁に出入りしてね。来るたびにあれこれ土産を置いていき、相手が相手だけに無下にもできず困っている」

パスマの使者が父——ロックウェル伯爵に接触？　理由として一番に思いつくのは、

灌漑事業の技術提供の件だ。イリマ王女のアカデミーでの基礎学問の習得など待たず、さっさとあちらのベテラン技術者に指導しろ、とか？

あまり思い出したくはないが、それでもこの技術提供の話はイリマ王女が紆余曲折の末、兄と祖母とルーファス様に直接頭を下げ交渉し、手に入れたチャンスだ。王女の頭越しに勝手に話を進めるのは、必死にアカデミーで勉強しているであろう王女が、少し可哀そうに思う。

「お父様、パスマは何を要求してきたのですか？」

「はあ……ラルフだよ。ラルフに王女のことを知る機会を与えてほしいと。簡単に言えばデートしてくれってことだ」

「「「デート⁉」」」

私と母とサラの声が被り、揃いも揃って冷めた表情になってしまった。

先日の医療奉仕のイリマ王女が蘇る。兄にしきりに話したがる姿は意味不明でとても不審だった。

そんな様子をスコットが、「彼女は兄を狙っているのではないか？」と疑ったのだけれど、私はあっさりそれを一蹴したのだ。だって彼女がルーファス様に執着し、私を窮地に立たせていたのは、まだ思い出にもならない新しい記憶なのだ。

でも、結局スコットが正しかったらしい。

「つまり――この屋敷はスタンの警備があり、ラルフ様の研究所は軍の基地内のために外国人は入れない。ということで、父君の勤める研究所に押しかけたというわけですね。それで今日も伯爵は煩わしくて出勤できなかったと。早急に対応いたします」

マイクがそう言って頭を下げた。なるほど、私だけでなく警備のプロのマイクにも直接聞いてもらったほうが、ルーファス様に報告するうえで無駄がないと父は思ったのだ。

「いやいや、マイクが悪いわけじゃないし、しがないおじさんである私の警備などいらないよ。ただ、ラルフの婚約者についてはルーファス様に一任しているだろう？　だから伝えるべきだと思ってね。我々の方針はこれまでどおりだけれど、パスマの王家に力を行使されたら、私には太刀打ちできない」

慌てて手を横に振る父に、マイクは微笑みを返し、二、三気になる点を確認した。

「……承知いたしました。今をもってこの問題は全てルーファス様の管理下におかれます。ご安心ください」

父はあからさまにホッとした顔をして、お茶を飲み、サラに美味しいよ！　と笑った。

「はあ……何がどうしてうちのラルフが他国の王族からデートのお誘いをされちゃうの……あなた、このことはラルフには伝えているの？」

「いや、今はかなり集中力のいる研究をしているようだからね。雑音など聞かせたくなかった」

王女とのデートを雑音と言い切る父はなかなかだ。

だが、ロックウェルでなくとも研究者というものは、研究が乗っている時、何一つ雑念を抱きたくない。すぐそこにこれまで届かなかった何かがやってきて、ようやく摑めそうな予感がしている時に他のことに意識をそらしたら、あっという間にそれは霧散する。先ほどあった素晴らしいひらめきは、もう思い出せない。

かの前世の大天才、ダヴィンチは言った。幸運の女神には前髪しかないのだ、と。

でも、何をおいても研究が優先されるなんて傲慢なことを考えているわけではない。単純に前もってアポを取ってくれればいいのだ。研究者だってちゃんと都合をつける。

「まあ、お父様に何度も突撃して困らせたって耳に入った時点で、お兄様に最悪の印象しか与えないよね」

イリマ王女本人の意思があるかないかは、こんな方法を取られた以上もはや関係ない。

「ラルフ様は温厚ですから表情には出されませんが、いっときでも可愛い妹をないがしろにした相手です。パスマやイリマ王女が要注意対象から外れることは二度とありませんよ」

淡々とした表情のサラの言うとおりだ。研究バカのロックウェルはそのバカっぷりが世間に受け入れられないからこそ、わかり合えている身内をきちんと愛し、大事にしている。

そしてロックウェルは、力を合わせなければ生き延びられなかった時代を長いこと過ごしてきた。ゆえに家族最優先だ。弱小伯爵家にできることは限られているけれど。

「ラルフを求めるのではなく、ラルフの持つ技術が目当てで求婚してくるお嫁さんとなんて、私、仲良くできそうもないわ……。なんて綺麗事ね。貴族だもの、呑み込まなきゃ。でも、ピアを悲しませた張本人なんて……」

母が額に手を当てて、二度目のため息をついた。そんな母の肩を父は優しく引き寄せ、頭にキスをした。

「ひとまずルーファス様の指示を仰ごう。ルーファス様ならば上手く我々を導いてくださるさ」

父は、恐れ多くも愛する身内の一人になったルーファス様に、さくっと丸投げした。

兄は軍の中で最近佐官に昇進した。何か有益な研究をして功績をあげたのだろう。その階級を魅力的に思う女性が、イリマ王女だけでなく今後出てくるかもしれない。

兄の研究は兄の人格を形成する一部ではあるけれど、その研究の利権や技術、地位だけしか見ない人とは結ばれてほしくない、と私だって思う。

将来弱小伯爵家を継ぐ兄の人生はおそらく順風満帆ではない。スタン神殿のアシュリー神官長が繰り返し説くように、なんでも相談できて、苦しい時に支え合える人がいい。

きっとルーファス様も同じ考えだ。兄には、お見合いであれ両親や私たちのような家庭を作ってほしいと願ってくれているはずだ。

「ルーファス様の仕事を増やしてしまうのは申し訳ないけれど、お兄様がさっさと婚約することが、一番無難な対処方法だよね。どなたかいい方、早めに見つけてくれないかなあ」

当人である兄とルーファス様のいない場所で、私と両親、サラとマイクは深く頷き合ったのだった。

その夜、数日ぶりにエントランスで出迎えたルーファス様は、一見して機嫌が悪かった。

「ピア、お帰り。エリンの付き合いお疲れ様。そして帰って早々、お義父上はじめロックウェルを面倒事に巻き込んでごめん」

既にロックウェル邸での一件はルーファス様の耳に入っていた。

「え？　ルーファス様が謝ることは何もないでしょう？」

ルーファス様はイリマ王女とパスマとは因縁があるけれど、この件に関しては何一つタッチしていない。

「『義兄上の結婚相手はスタン侯爵家に一任されている。ゆえに干渉不要』と先日改めて通達を出している。そもそもイリマ王女に直接説明したというのに、この私の頭越しに義兄上に接触を図るなど、信じられない」

ルーファス様が顔を引きつらせながら舌打ちした。

「ひょっとしたら、パスマには届いていなかったのでしょうか？　王女が本国に伝えなかったとか？」

「ありえない。なんのためにナディーという付き人がいると思う？　彼は王女をサポートすることだけでなく、見聞した全てを国に報告することも仕事なんだ。全く……コケにしてくれたものだ」

パスマとルーファス様……パスマ王家とアージュベール王国筆頭侯爵家との間に、前世のマリアナ海溝ばりの大きく深い溝ができたのが、この目に見えた。

「それに、私はピアと婚約した時に、ピアとピアの家族は一生涯守り切ると自分に誓ったんだ。スタン侯爵家は恨みを買うこともあるからね。なのに……私の矜持が許さないよ」

苦々しげにそう言うルーファス様に申し訳なさが募る。またもやロックウェルが力不足のせいで、厄介な重荷を背負わせてしまった。そっと私が腕を絡ませると、ルーファス様ははっとした表情で見下ろした。

「真剣に考えてくださり、ありがとうございます。でも私、久しぶりの我が家なのです。ひとまずその件はおいて、夕食にしましょう」

ルーファス様はふっと肩の力を抜いた。

「もちろん。ハリスの市場に出回らない干物があるんだって？　楽しみだ」

「はい。席に着く直前に焼いてくれるそうです。家じゅうにお魚の匂いが充満しますから覚悟してくださいね。雨だから窓も開けられないし」

そう言って笑うと、ルーファス様も笑って、私を抱き上げた。寝間着姿じゃないのに!?

「じゃあ急がなきゃ。焼きたてが食べたいからね」

「きゃあ！」

そのまま小走りで階段を上り、身支度を整え食堂に入り、魚やエビの一夜干しを二人で息をふうふうと吹きかけながら食べた。

「干すと旨味が増すんだな。知らなかった。美味しいね」

ルーファス様は器用にナイフとフォークで皮と骨を身から外し、パクパクと食べてくれた。昔からルーファス様は屋台料理など庶民的な食べ物にも偏見がない。

「あー、冬だったら大根おろしを添えるのに」

「大根おろし？」

「大根をすって細かくしたものです。干物と相性抜群なんですよ！」

「そう。じゃあ冬にもハリスにお邪魔して、干物を貰わないとね」

「はい！　大根はロックウエルのおばあ様のところで収穫しましょう」

ルーファス様が再びハリス領に行く用事を作ってくれた。

「ありがとう、ルーファス様」

「どういたしまして。さあ、ハリスで発掘した化石について教えてよ。それとさっきの件、私の名に懸けて二度とお義父上を煩わさないから安心してね」

私はルーファス様が王都に戻ったあとのハリス領での日々——今回は残念ながら大発見な化石は発掘できなかったけれど、まだまだ諦めていない——をのんびり話し、ルーファス様もワインを手に、あれこれツッコミを入れながら聞いてくれた。

そして翌朝には父の職場に所在なく積まれていたパスマからの貢ぎ物は撤収され、パスマ王国の使者が訪れることはなくなり、父に平穏が戻った。

その週末、私とルーファス様はホワイツに招かれた。今回のブートキャンプのお礼をしたいということだ。そんなこと気にしないでもいいのだけれど、エリンと過ごせる時間を私が断るわけがない。

いつもどおり、エリンにホワイツの二階に通されると、ヘンリー様が待ち構えていた。

「ヘンリー様、お久しぶりです。王都にいらしたのですね」

私がそう声をかけると、唐突にヘンリー様が立ち上がった。

「ピアちゃん、今回は我がコックス領のためにいろいろ骨を折ってくれてありがとうございました」

彼はそう言うと、ビシッと直角に腰を折った。

一瞬反射で「私なんか何もしていない」と言いそうになったけれど、この実直さがヘンリー様だなあとしみじみ思い、素直にお礼を受け取ることにした。

「どういたしまして。立場が変わってもおばあさんになっても、私とエリンが仲良く行き来するのを許してくださるなら、それで十分です」

「もちろんだよピアちゃん！　ついでに俺も誘ってよ！」

「嫌よヘンリー、ピアとのデートの邪魔をしないで。スタン侯爵家と主義主張がぶつかっても、私たちの仲は永遠に不滅よ、ピア！」

「親友同士の間に割って入ろうとするとは、本当にお前はやぼだな。ピア、ヘンリーが政敵になることなんかないから安心していい。バカだがそこまでバカじゃない」

ルーファス様の言葉に、結局ヘンリー様はどっちなんだろう？　と思っているうちに、真面目な空気は消えて、気の置けない者同士の緩い空間になり、テーブルに並んだフルーツやサンドイッチに皆手を伸ばした。

「このミカン、さっぱりして旨いな、エリン」

「気に入った？　ならば苗木をコックス領に植えようかしら」

「うん、頼む。いっぱい実ったら嬉しい」

モリモリとフルーツや、きっとエリンが作った愛情たっぷりの形の不揃いなサンドイッチを平らげるヘンリー様。それを見て微笑みながらお茶を飲むエリン。

ようやくここまで来た。あと約一カ月半で結婚だ。私も万感胸に迫るものがある。

「ピア、お茶を濃い目に淹れて。甘すぎる」

「もう、ルーファス様、意地悪言わないの！」

私の耳元で囁くルーファス様に、しかめっ面を返す。

「そういえば、今年の剣術大会、結局二人は出なかったみたいだね？」

武芸に詳しくなくても一流の剣技はとても美しいので、今年も観戦するつもりだったけれど、先月、私が体調を崩し寝込んでいる間に終わってしまった。

ルーファス様に参加しないか尋ねたら、『ピアがベッドで臥せってるのに、戦えるわけないよね？』とうすら寒い笑顔で言われ、震えがぶり返したことを思い出す。

「私はご存じのとおり結婚準備で追い詰められていて、それどころじゃなかったわ。もうシンシア伯母様のおかげで解消したけれど」

エリンはディフェンディングチャンピオンだったから、運営者とファンがエリンの不在を嘆いたことだろう。

「俺はフィルの地方訪問についていってた。まあオヤジが出て賑わしたからいいんじゃない？　優勝はどの部門もうちの領の若手だったよ」

……騎士団長閣下が参戦したのか。フットワークが軽い。

知り合いの戦いぶりなどを聞き、来年は史上初! 夫婦で参戦なんて楽しい予定を聞いていると、階下が何やら騒がしくなった。エリンが眉をひそめる。

「何事かしら。ごめんね、落ち着かなくて。ちょっと様子を見てくるわ」

そう言ってエリンが腰を浮かせた瞬間、ノックもなしにドアが開いた。ここはホワイツの社長であり、侯爵令嬢であるエリンが客を迎えている部屋だ。ありえない！

そこには一目で一流品だと見て取れる、ベージュのドレスに見たこともない異国風のアクセサリーを身につけた、背の高い美人が後ろに仲間を引き連れて立っていた。

「……お母様」

エリンの囁きに目を見開く。この人がエリンのお母様⁉　かつて立太子の儀で遠目に見かけたことしかないからわからなかった。

ホワイト侯爵夫人の登場に、私たちは慌てて立ち上がろうとした。現役の侯爵夫人だ。私たちから頭を下げねばならない。彼女がどんな母親であっても。

しかしそのタイミングよりも早く、夫人はカツカツと靴音を鳴らし前に出て、右手を上から振り下ろし、閉じた扇子でエリンの顔を殴った。乾いたパシッという音に、私の体は凍りつく。

抑揚のない低い声が、静まり返った部屋の隅々まで伝わる。

「……よくも下位で品性もないハリス伯爵家になど行儀見習いに行ってくれたものね」

まさか……そのことが気に障ってやってきたの？　私がエリンと出会って以来、一度も気にかけたことなどなかったのに？　そして娘からなんの説明も聞かぬままぶつ？

この方は……将来を不安に思い、必死に伝手を辿って教育を受けた娘のいじましい思いなど眼中になく、自分のプライドしか考えていないのだ。

親友と愛する伯母家族をバカにされ、下唇をぎゅっと噛むと、隣に立つルーファス様がさりげなく体を寄せ、目を合わせ、目立たぬように小さく頷いた。エリンを信じろと。

エリンはショックを受けたような、途方にくれた顔をしていたが、数秒で立てなおした。みるみるうちに雰囲気を引き締め、背筋を伸ばし、隙のない表情で母親を見返した。その超然とした様子はシンシア伯母様を彷彿とさせた。

「お父様の了解を得ております」

エリンの声も負けないくらい低く、冷めている。

「あなた……どうしてわたくしに恥をかかせるの？」

「しょうがないでしょう？　私がこれからコックス家に嫁ぐにあたって必要な領地経営も、社交も教えてくれる人がそばにいなかったのだから」

「社交でもなんでもわたくしに言えば……」

「お母様の得意な芸術鑑賞やパーティー参加は私の求める社交ではありませんの。それ

にホワイト家の執務室にいることなど、ここ数年見たこともない。我々の宝とも言うべき領民たちの益になるようなことを、何か一つでももたらしてくださいましたか？」

　エリンの言葉には十代と思えぬ説得力があった。それはこのホワイツを立ち上げ、出だしは決して順調ではなく、いろんな人のアドバイスに真摯に耳を傾けながら試行錯誤を経て収益を上げるようになり、それを領民のために使っている実績に裏打ちされている言葉だからだ。

「親に向かって……。なんて常識のない子どもに育ったのかしら。ちょっといらっしゃい」

　夫人が有無を言わさぬ様子でエリンの右手を掴もうと手を伸ばした。そこへ当然のようにヘンリー様が間に入った。

「落ち着いてください、夫人。私はやがて身内になるので構いませんが……お客様もいらしています」

　そこでようやく夫人は私とルーファス様の存在を意識したようだった。侯爵夫人が気にかける必要のある相手など、普段はいないのだろう。

視線を上げルーファス様を見た時、淑女の見本のような取り澄ました顔が一瞬ではあるが崩れた。

　それはそうだ。ルーファス様のエメラルドの瞳は、スタン侯爵家そのものなのだから。

夫人の中ではおそらく伯爵家であるヘンリー様は格下。まさか数少ないホワイト侯爵家と対等の立場の人間が現れるとは想定外だった？　娘の交友関係も把握していないとは、致命的ではないだろうか？

しかし夫人は、今度は不愉快そうな顔になった。結局ハリス伯爵家に橋渡ししたのがスタンだと思い至ったのか？　いや、そもそもあまり仲が良くないのだろう。うちのお義母様とウマが合うとは思えない。

お義母様のほうも、エリンがいない時であっても一言も夫人のことを話題にしたことがない。眼中にすらないのかもしれない。

夫人は私たちを無視することにしたようで、優雅に視線をそらした。すると、エリンが地を這うような声で言った。

「お母様、私の一生の友であるスタン侯爵令息夫妻にそのような無礼を働けば、さすがにお父様とお兄様に報告いたします」

自分の思うままに生活できているのは、資金源であるホワイト侯爵のおかげだという認識はあったようで、夫人は目を見開いたあと、口をつぐんだ。

収束が見えない。大人なのだから一旦帰ってくれないだろうか？　エリンは気を張っているけれど、元々は優しい女の子なのだ。彼女の柔らかい心臓にグサグサと鋭利な刃物が突き立てられている様子が想像できる。

これ以上はもう黙っていられない。ルーファス様の静止を振り切り前に進み出ようとすると、唐突に空気も読まず彼女の後ろに控えていた男性が部屋の中へ一歩踏み入れた。

私はポカンと口を開けてしまった。なぜならば……その男性はビックリするほどハンサムだったのだ。歳の頃は私たちよりも随分上……三十代半ばだろうか？　背はヘンリー様と同じくらい高く、キラキラとした金髪は計算された、人を選ぶ無造作ヘアー。

切れ長の瞳は涼やかな水色で鼻筋が通り、肌は女性よりもぷるっぷるで、ファッションに疎い私でも、彼の着ている服が流行の最先端で高級品であろうことがわかる。

でも……おそらく貴族ではない。私だって『立太子の儀』『キツネ狩り』など最低限の社交の場には出席している。これだけ目立つ容姿ならば覚えている。

その彼が夫人の肩を親しげに抱き、色っぽく笑った。私たち四人は――さすがのルーファス様も――固まった。それは私たちが若いからではない。肩を抱くなど人妻にする、させる行為ではないからだ。

ひょっとしたら、平民は既婚であってもその程度のスキンシップはＯＫなのだろうか？　とチラッと頭をかすめたが、ルーファス様が他の女性の肩を抱くなんて想像したくない。

やっぱり平民だろうと貴族だろうとなしだ。

「ポーリーン、用事は済んだ？　おや、興奮したら美人が台無しだよ？　落ち着いて。あ、ポーリーンの娘さんかな？　私はポーリーンの友人のイーサンだ。しがない平民の商人だからいじめないでほしいな」

そう言って私たちに見せたスマイルはどこをとっても完璧で、逆に胡散臭かった。

しかし、夫人はそうは思わないのか？　彼のスマイルを私たちが見ると減るとでも思ったのか、私たちと彼の間にさっと入った。

「イーサン、また商人だなんて謙遜して……あなたはやがて王立劇場の専属役者になり、伝説を作るのよ。わたくし信じているわ」

夫人の瞳は私たちと対峙している時と一八〇度違い、熱っぽく輝いた。相反するように、私たちの周囲の温度は氷点下に落ちた。

二人はどう見ても友人の域を超えている。つまりこの男——イーサンが夫人の恋人で貢ぎ先なのだ。

貴族の政略結婚では、互いの義務は果たしつつ、外で恋人を持つこともままあると聞く。でも、こんな大っぴらに、それも娘のいる場所に連れてくるなんて……エリンの母とはいえありえない。

彼のシルクの高級服も、胸に輝く大きなアメジストのクラバットピンもきっと夫人のプレゼントなのだろう。さりげなく輝くエメラルドのカフスは、うちの父が一生働いても手に入れることができない代物に違いない（まあ、父は宝石など興味もないけれど）。

「ありがとうポーリーン、君は私の心の支えだ。さあ、食事の予約の時間が迫っている。

失礼しよう？　若い人たちのお邪魔になってはダメだ」

イーサンが親しげに夫人のネックレスに触れながらそう促した。先ほどから威圧を放つ、金と黒の丸や三角の組み合わさった独特なネックレスは、彼がプレゼントしたのだろうか？　輸入品？　全く私の好みではないけれど、人と同じものを嫌う人が貴族には多いから、その点では基準をクリアしているのだろう。

でも自分がプレゼントしたもの――いや売りつけたものかもしれない――であれ、ネックレスを胸元から摘まみ上げるのって……夫婦でもなければ、どう考えてもタブーだと思うのだけれど。

不快感が外に飛び出さないように唇を引き締めてそんなことを考えているうちに、夫人は抵抗することなく頷き部屋を出た。イーサンは私たちにパチンとウインクして――まさかの恩を売るように――あとに続き、ドアが閉まった。

窓の下で馬車が走り出した音が聞こえ、私がホッと肩の力を抜くと同時に、エリンがガクンと膝から崩れ落ちた。

「う……う……うわあああぁ……」

聞いていられないほど悲痛な、心の奥深くから湧き起こったような叫びだった。

自分の親の傲慢さへの恥ずかしさ、話の通じないやるせなさ、何一つ与えられた務めを果たさないことへの憤り。そしてやはり、自分のことなどなんとも思っていないのだという事実を直視させられて。

想像力の乏しい私にもそれだけ思いつくのだから、エリンはその倍も思うところがあるに違いない。全てがまぜこぜになって、もはや泣くしかないのだ。

顔を覆う手の隙間から涙が零れ落ち、濡れたシミが赤い絨毯に広がっていく。

「ごめ、ごめんなさいっ。せっかく集まってもらったのに、ほんとに、ほんとに、ごめんなさいっ。私、ピアたちにお礼を……なのに私……」

切れ切れに謝るエリンに胸が締め付けられる。悲愴な嘆きに私の目からも涙が落ちる。

もちろんヘンリー様は膝をつき、大きな体で最愛の婚約者の全てを包み込むように抱きしめた。

「エリン、大丈夫だ。俺はずっとそばにいる。あの女のことなんて放っておこう。大丈夫だから」

「でも、でも、こんなに迷惑を……なぜあの人は……私なんて、私なんて……」

「エリン、俺は子どもの頃から何もかも知ってるんだ。そのうえでエリンを好きなんだ。大好きだから結婚して一緒にいたいんだ。エリンがいなきゃ俺は生きていけない」

「ヘンリー……う……うぅ……」

やがてエリンはヘンリー様に縋るようにして泣きじゃくった。

「帰るよ」

ルーファス様に耳元で告げられ、私はエリンの頬を冷やしたほうがいいと、とっさにハンカチをコップに入っていた氷水で濡らし、ヘンリー様に差し出した。それを受け取りちらりとこちらに視線を寄こしたヘンリー様に、ルーファス様と二人で頷き、バッグを手に取りそっと部屋を出た。

予定の時間よりも随分早いお開きだったので、ホワイツの前に我が家の馬車は来ていない。私はルーファス様に手を取られ、少し離れた馬車の待機場へと二人で歩く。

「……悲しいな」

ルーファス様はそう言うと、繋いでないほうの親指で私の目尻を拭った。店を出る前にこっそり拭いたのに、ほんの少しだけ涙をにじませていたのを見つかっていた。

「はい」

私たちの気持ちを表すかのように、空は暗くなり、雨粒が落ちてきた。

「ピア。どうする？　カフェにでも入って雨宿りする？」

「いえ、ここまで来たら走りましょう」

「よし」

私たちは手を繋いだまま、何も考えず数分走って、私だけ息を切らしてうちの馬車に乗り込んだ。馬が一鳴きして出発した車中で、しっとり濡れたお互いの顔をルーファス様のハンカチで拭き合い、力なく微笑んだ。

閉ざされた落ち着いた空間で、本降りになった雨音と蹄（ひづめ）と車輪の回る音を聞いていると、少しずつ気持ちの高ぶりが鎮（しず）まってきた。

数日前のロックウェル邸訪問を思い出す。私の両親にはエリンの母のような優雅さは一ミリもないけれど、サラとマイクも交えていっぱい笑って帰ってきた。

母は兄のことをハラハラと心配し、かつて私をないがしろにしたパスマにプリプリと怒（おこ）っていた。

私にとってはそれはいつもの光景。だがエリンはきっと生まれてこの方、あのちょっと間が抜けてて、でも絶対の安心感――私は守られている、どんな私でも「困ったわねえ」と言いながらも愛してくれる人がいるという確信――に包まれた空気を味わったことなどない。

両親への感謝の念がじわじわと湧き、同時にエリンに申し訳なさが募る。意味がないことだとわかっているけれど。

隣に目を移すとルーファス様は胸元からメモ帳を取り出し、さらさらと何か書きつけて、窓を少し開け、護衛のビルに渡した。

それをじっと見ていた私に気づき、ルーファス様は先ほどのように手を繋いだ。

「さっきのイーサンという男、自称（じしょう）商人で夫人曰（いわ）く有望な役者らしい。どんな人物なのか、うちの影だけでなくケイレブに調べてもらおうと思ってね」

ケイレブ――私の悪役令嬢の立場の同士で、たった一人の部下であるアンジェラの婚約ほぼ秒読みな恋人――を脳裏に浮かべる。

そういえば彼は以前『商売関係の隠れた情報などお入り用の時は、是非お使いください』と言っていた。商人のことは商人に聞けということか。

と一瞬気持ちがそれたものの、別れ際のエリンの泣き顔をまた思い出し、気が沈む。すると繋いだ手に力が込められた。

「大丈夫だよ。ヘンリーがついている。ヘンリーはエリンのためならばいくらでも賢くもなるし、非情にもなる。一度失いかけたからね。それに、ピアとアンジェラ、アメリア嬢という親友が、エリンを支えるだろう?」

「……はい。もちろんです」

〈マジキャロ〉の運命に悲観し、できるだけ一人で、目立たず、領地の片隅で生きていこうと俯いて過ごしていた私を日なたに引っ張り出し、華やかな女の子らしい時間を過ごさせてくれたのはエリンだ。

私が沈んでどうするの？　今こそ全力で恩返しすべき時だ。

絶対にエリンになんの憂いもない状態で結婚式を迎えさせてみせる！　そして普通の、どこにでもある温かな家庭をヘンリー様と築いてもらうのだ！

私は顔を上げ、決意を新たにルーファス様と視線を合わせた。

「ルーファス様、私、なんとしてもエリンを世界一幸せな花嫁にしてあげたいです。弾みがつくように、私に素敵な賭けを提案してくれませんか？」

ルーファス様は穏やかな笑みを返してくれた。

「いいね、乗った。じゃあエリンが晴れやかな気持ちで挙式を迎えられたら、領地に化石ミュージアムの前段階となる展示室を作ろう。温泉施設の隣に作れば相乗効果が見込めるはずだ。魚竜をいつまでもグリーン邸に置いておくわけにもいかないしね。そろそろあちこちに積み上がっている化石もまとめたほうがいい」

それはまさしく私が希望していたことだ。

「がぜん燃えてきました！　頑張ります」

私たちは繋いだ手を握りなおし、がっちり握手する。賭けのスタートだ。

とりあえず、帰ったらすぐにエリンに手紙を書こう。ダブルデートは何度でも仕切りなおしようと。だって私たちの友情は未来永劫続くのだから。

翌日、エリン……ではなくホワイト侯爵から丁寧な詫び状がスタン侯爵、お義父様宛に

届いた。これは異例中の異例な謝罪だ。

ホワイツの従業員は当然元を辿ればホワイト侯爵家の使用人である。エリンが何も話さずとも全て侯爵と、エリンの兄である次期侯爵には筒抜けだ。

客人であるスタン侯爵家、コックス伯爵家、そして独特の確固たる立ち位置を我が国で築いているハリス伯爵家の縁戚の私（弱小ロックウェル伯爵家は脅威とみなされるはずがない）を軽視したふるまいをした夫人に、さぞや頭を痛めていることだろう。

「ホワイト侯爵の手紙、ところどころ力が入りすぎてインクがにじんでいたと父が言ってたよ。すぐに気にしていないと、返事を持たせたって」

ホワイト侯爵の怒りで震える手元が想像できる。でも、

「正直、こうなる前に侯爵様には何か手を打ってほしかったと思います」

「友人の立場だとそうだよね。まあどの家もいろんな事情があるものさ。しかしさすがに今回は侯爵も腹に据えかねているんじゃないかな？　夫人はエリンを殴ったからね。相当痛かっただろう。そこで怒らなければ父親じゃない」

その条件で言えば、既にエリンの母は母であることを捨てたのだろう。

「ケイレブからも報告書が届いたよ。短時間にしてはよく調べてある」

報告書によれば、イーサンは本人とエリンの母の言うとおり、役者と商人の二つの顔を持っているとのことだ。そのルックスのよさを生かしてホワイト侯爵夫人だけでなく中高

年の女性に近づき、高額商品をさらに高額で売っている。まともな商人は彼を相手にしていないので、仕入れ先は国外からの密輸の模様。引き続き調査を続ける、とあった。

「役者一本で生きていける人間など、ごく一握りだ。その一握りになろうと夢を見ても、売れないうちは稽古代や衣装代など自腹でお金がかかる。それを補うために商売に手を出してみれば案外おいしくて、もはやどちらが本業かわからないってところかな」

イーサンは役者としての才能が、商売という舞台で花開いたようだ。

役者であれば、客の心を掴むような話術はお手の物だろうし、加えてあのルックスだ。きっと有名な舞台にも出たことがあるだろうし、その裏話なんて話してもらったら、客は舞い上がるだろう。私は芸能人と親しくお話しできる特別な存在よ！　と。そうしてどんどん懐に入っていく。

つまり彼は、役者という付加価値となる肩書を持つ商人だからこそ成功している人なのだ。

「でも、商人仲間からはそっぽを向かれているのですね」

「うん。本職からすれば許しがたい売り方だろう？　それに扱う品のセンスが最悪だと酷評してるって」

「よかった。私、夫人のつけていたネックレス、どうしても好きになれなくって。でもあれが流行の最先端なのだろうし、私の感覚がおかしいのだろうとがっかりしていました」

「ああ、確かあれは……パスマよりもさらに南の島国の独身の娘が、通過儀礼の時につけるものだったかな？　その国の民族衣装にはしっくりくるけれど、ドレスに合わせてもね。私もピンとこなかった。ちなみに木製だから原価はたかが知れている。千ゴールドくらいじゃないかな」

「原価千ゴールド……紅茶一杯分のお値段ですね。それをいくらで購入したんでしょう」

　物の価値は値段ではない。自分が気に入ってさえいればいいのだ。でもあのネックレスが千ゴールドと知っていたら、夫人は自分の首にかけなかった気がする。

「さあ？　かなりふっかけられたんじゃないかな。そしてピアは物を見る目は培われているはずだよ？　母の審美眼は完璧だ。世界中の良い物を見て育っているからね。そんな母の身につけた宝飾品が十年分脳裏に刻まれている。自分の目を信じていい」

　お義母様のおかげで、私は一流の目利きになっていたようだ。ただし、自分が似合うかどうかは別の話という……。

「夫人はイーサンのことをいつか伝説になる役者って言ってませんでしたっけ？　センスがないって致命的では？」

「ケイレブ曰く、イーサンは一言で言えば二流役者らしい。顔はあのとおりの美形だが、演技力が全く評価されていないそうだ。素人には通じても、プロではさっぱりということだね」

「あぁ……天は二物を与えなかったのですね」

「夫人はイーサンがいつか王立劇場で主役を張れる役者になると信じているが、盛りは過ぎたし、少し掘り起こせば黒い噂がある人間など、一流の舞台監督は使わないさ」

役者のイーサンだけでなく、エリンの母は良くも悪くも有名人だ。そんな二人でレストランに行くなど、関係を隠してもいない。興味を持って調べれば、いろんな噂が容易く見つかるだろう。

「ああいうの、どこで手に入れるのでしょうね？」

「ふふっ、限りなく怪しいよね。もちろん彼に海外への渡航歴などないよ」

商人仲間から認められていないのなら、生産者や正規の中間業者とも良好の関係ではないだろう。ということで、ケイレブも彼の扱うものは密輸品だと疑っているのだ。

「エリンのお母様も他の上客のご婦人も、密輸品かもしれないなんて露ほども思わず身につけているんでしょうね」

お気に入りのアクセサリーに密輸品疑惑があると知れば、さぞやショックを受けるだろう。悪事の片棒を担いだことになるのだから。自分の胸にある〈妖精の涙〉を摘まみ、見下ろしながらそんなことを考える。

「そういえば、イーサンのエメラルドも、なかなか大きかったですね」

彼の身につけていたカフスを思い出して、なんとなくそう言うと、ルーファス様は一瞬で険しい表情になった。

「何それ、アメジストじゃなくて？　気づかなかったけど」

「え？　カフスです。私の…小指の爪くらいの大きさでした。こう、私のほうに手を差し出して袖口からキラキラ覗かせたり、けっこうこれ見よがしだったと思うのですが。まあ、クラバットピンほどは目立ちませんが」

「へえ……狙いすました角度でピアだけに見せつけたんだ。やるねえ。確かに彼は役者のようだ。彼のターゲットはご婦人で、男性は邪魔でしかない。しかもあらゆるパイプを持つ貴族の男に見られて怪しまれたら厄介だから、私やヘンリーには隠したな。ピア、そのカフスについて詳しく教えて？」

あの男、思った以上に悪知恵が働くのねと思いながら、ルーファス様に記憶のとおりにカフスの見た目を説明する。〈妖精の涙〉ほどではないけれど、とても綺麗な石だった。

あれは女性を信用させるための一流品の小道具なのだろう。

「ピアの目に適う石が二つか……。あのね、この国の宝石商はエメラルドを扱う時、必ず最初にスタンに持ち込むんだ。歴代当主は良い物であればあるほど金に糸目をつけず、エメラルドを妻に贈ってきたから。『エメラルドはスタンへ』というのがもはや慣例のようになっている」

「ロマンチックですね」

愛する人の瞳そっくりな宝石を贈られて、喜ばない歴代妻などいなかっただろう。

「でも、その石は記録にない。つまり正規に流通したものではない。これはもう、闇ルート確定かな。となるとアメジストも疑わしい。密輸したものか、あるいは勝手に採掘して売りさばかれたものか？」

採掘という言葉にひっかかる。確か、先日軍港基地で発掘した時に、石油調査で入った研究者が海岸よりもうんと山側で、人の入った痕跡のある小さなアメジストの晶洞を見つけたと言っていた。化石じゃないから軽く聞き流したけれど。

「アメジストは軍港基地内でも発見されたと聞いています」

「ふーん。じゃあ昔カーターが発掘したものだったかもね。案外カーターとイーサン、同じ闇ルートに乗っかってるのかも。実際そういくつも闇ルートが存在していては国家の沽券に関わる。ちょっと解明に手こずっていたから、イーサンを調べれば何か新しい糸口が摑めるかもしれない」

ルーファス様がソファーのアームを人差し指でトントンと叩く。

闇ルート……そんな怪しい人とエリンのお母様は行動を共にしているなんて。

いや、夫人はイーサンが悪事に手を染めているなんてきっと知らない――とも思ったが、知らないじゃ済まされないのだ、と考えなおした。我がアージュベール王国の四侯爵家の一角を担うホワイト侯爵夫人なのだから。

もしイーサンの罪が明るみに出れば、そのパトロンであった夫人は無傷でいられるだろうか？　侯爵家にまで影響を及ぼしそうな気がする。

改めて、なぜそんな男と親交を深めてしまったのか……とため息が出る。もちろん私は善人ではないから、夫人を思って嘆いているのではない。余波を受けそうなエリンのためである。

「早速イーサンを捕まえますか？」

「いや、当面泳がせる。でも、限りなくグレーな人間と侯爵夫人が付き合っているのはかなりまずい。ホワイト侯爵には全ての情報を伝えたうえで、今しばらく静観するように伝えるか」

「ルーファス様が直接？」

身内の恥を同格の貴族に伝えられるのは屈辱だろう。八つ当たりされないか少し心配だ。

「当然腹の中では怒りがおさまらないだろうが、間に人を挟むのもね。ホワイト侯爵は非常に理知的な方だ。心配いらないよ。あと、ヘンリーにも警戒するように伝えたほうがいいな。イーサンに何かあって夫人が暴走するとすれば、標的はエリンだ」

「そんなっ！」

結婚まであと二カ月を切ったエリンに、またそんな漠然とした不安を背負えと言うの？

　そんなの絶対ダメだ。

　――そうだ、迎え撃てばいいのよ。私たちが。私は膝の上の手をぎゅっと握り込んだ。

「……ルーファス様、私って傍からは、思慮深くない、うっかりやさんに見えるじゃないですか」

「それ、自分で言う？」

　ルーファス様があからさまに呆れているが、ここからが肝心の話だ。

「私が囮になるっていうのはどうでしょう？」

「却下。ベアードで辛い目に遭ったこと、忘れたとは言わせないよ」

　ルーファス様の声が一気に冷ややかになったので、慌てて彼の手を握り、一人で危ない橋を渡るつもりではないことを丁寧に説明した。

「辛い目に遭うつもりはありません。ただ、既にホワイト侯爵夫人というカモがいるのです。イーサンは次も侯爵夫人レベルのカモが欲しいと思っているのではないでしょうか？」

「カモね、ピアも言うようになったね」

「そんなイーサンも、まだ侯爵家の次世代はノーマークだと思うのです。そこで社交界に顔が売れていない私の出番かと。もちろん二人きりになるつもりなんてありません。私はどこまでも愚かでぼんやりした次期侯爵夫人で、そんな愚かな夫人には、愚かな侍女と愚かな護衛が始終ピッタリついているのです」

「ピアの尊厳ゼロな計画だ」

「エリンの心と体の平和のためになら、尊厳などかなぐり捨てます。私の大事な人たちはきっとわかってくれているから。辣腕のルーファス様の脚本どおりに演じてみせます。絶対にアドリブは入れません！　ルーファス様なら一流の脚本を書けるはずです」

私は必死にルーファス様に言い募る。ルーファス様の協力なしにこの作戦が実行に移されるはずがないのだから。エリンを救いたいという熱意をわかってもらうしかない。

「ピア、私を挑発してるの？　……はあ。サラは賢さがにじみ出ているからな。休暇明けの変幻自在なメアリの出番か」

「ルーファス様！」

ルーファス様はあれこれ天秤にかけたうえで利点が上回ると判断し、安全に遂行できる策を弾き出す気になってくれたようだ。

「私が万が一にもピアに危険が及ばないように完璧な計画を立てる。その枠から一ミリも外れてはいけないよ。約束できる？」

「はいっ！」

「それと……私の妻は誰よりも賢く、自分の知識でなんとか医療師不足を解消し、人々に安心した生活を取り戻そうという気高い精神の持ち主だ。愚か者などとそんな噂が立つことも不愉快だよ。自分の価値を貶めるようなことを言うのは控えて。いい？」

私が自分をバカにすることは、私を愛し、選んでくれたルーファス様をもバカにすることになるのだと気がついた。

「ごめんなさい。ルーファス様」

「わかればいい。二流役者対、本業研究者の素人役者、面白い出し物になりそうだね」

そう言って腕を組んで笑ったルーファス様は、どこをどう見ても、ラスボス役のヒールだった。

第四章 舞台はパティスリー・フジ

私が主役を演じる作戦が決定すると、スタン侯爵家の影がイーサンの日々の行動を徹底的に洗った。

彼は家を持たず、王立劇場すぐそばの高級宿に滞在している。マイクの話では、それも売れっ子役者であるというイメージを顧客に持たせるため、ということらしい。

宿の隣室はいつもエリンの母が宿泊している。二人の宿代に、エリンが一人で生きていく覚悟で必死に軌道に乗せたホワイツの売り上げが、使われていないことを願う。

そんな定宿から、上得意である社交界のご夫人たちを訪問するのが彼の日課だ。

ご夫人たちを手玉に取る、で思い出すのはマリウスだけど、マリウスがおおっぴらにパーティーで全方位に愛嬌を振りまいていたのに対し、イーサンはひっそりマンツーマンで会い、特別だと思わせて、高額の買い物をさせる。

まともに働かず、お金や権力を手に入れようとするところはどっちもどっちだ。

そのイーサンに思わぬルーティンがあることがわかった。

「月初に必ずパティスリー・フジに行くって？」

私が驚いてマイクの言葉を繰り返すと、マイクはさっき届いた新しい報告書に再び視線を落とした。

「はい。どうやら顧客へのご機嫌伺いのお土産用ですね。日持ちのする焼き菓子を相当買っています。ひと月に二十万ゴールドほど」

「毎月!? カイルのかなりの上客じゃない。ありがたいけれど、どうしてかしら？」

「パティスリー・フジはこの国で最も人気があるスイーツショップの一つになったからね。より高額の商品を買わせるために、話題のお菓子をふるまうくらい先行投資なのだろう」

ルーファス様がデスクで外国語の書類に目を通しながら、答えてくれた。

彼の書斎のカレンダーを見て、来週に月が替わることを確認する。

「ルーファス様、これ、囮の私と偶然出くわすチャンスだと思うのですが」

パティスリー・フジは私の気心の知れた転生仲間のカイルの店で、建物の構造をマイクやビルは知り尽くしている。

そしてスタン侯爵家御用達だ。私自ら買い物に行っても何もおかしくない。

「まあ、ヘンリーたちの結婚式前に決着をつけるにはこのタイミングがベストではある。マイク、もう一度情報を精査して、万全の警備態勢を検討して」

それからカイルに協力を求め、絶対に私が安全ならばと念を押されて、お店を私の役者デビューの場として提供してもらえることになった。

イーサンは月初三日のうちに訪問するというデータである。そこで思い切って、カイルに二日と三日は店を休み、小豆探しの旅に行ってもらうことにした。こうすれば、イーサンは一日にやってくる可能性が高くなる。

「イーサンの顧客である年配のご夫人というものは、習慣が乱れるのを好まない。月初にお菓子を持ったハンサムが来るのを毎月楽しみに待っているんだ。そんな客を四日まで待たせて怒らせるなんてことはしないだろう。商人を語るなら、ね」

ルーファス様はそう言って鼻で笑った。

月が明けて一日、既に日が昇り蒸し暑い早朝、私はパティスリー・フジの裏口から入店した。
「ピアが危ない橋を渡る計画なんて、本当は絶対絶対嫌だったんだけど、エリン様のためっていうし、ピアは止めたらますます無茶しそうだし……」
不満げなカイルの言葉に、白シャツに黒のギャルソンエプロン姿のビルが苦笑いのまま頷く。ビルはじめスタンの護衛が三人、店員に変装して計画をバックアップしてくれる。
「結局、私の見えないところで、ピアがバカなことをしでかさないか怯えて過ごすよりも、目の前でビルさんやメアリさんに囲まれて、計画が行われるほうがマシって思ったのよね。
あ、メアリさん、マドレーヌはピンクのリボンで結んでください」

「かしこまりました」

今日の私の付き人は、マリウス撃退の恩賞である長期休暇から復帰したばかりのスーパー侍女メアリだ。私とメアリはただイーサンの来訪を待つのも暇なので、場所を借りたお礼も兼ねて、いそいそとラッピングのお手伝いをしている。

なんせ今日、焼き菓子が二十万ゴールド分は売れるはずなのだ。

「それでカイルから見て、イーサンはどんなイメージ？」

「今ではまあ、お得意様かしら。最初はね、私に愛人になれってしつこく言い寄る貴族夫人が連れてきたのよ。お前よりもいい男と私は付き合ってるぞって見せつける感じで。やたらキラキラした男ねえ、是非とも末永く奥様を繋ぎ止めておいてくださいって思ったわ」

「その女性、まだカイルに付きまとってるんじゃないでしょうね？」

「大丈夫よ。そのあとから、うちには効果てきめんのお札が貼ってあるもの」

そう言ってカイルが指さした場所にはスタンの紋章である黒鷲が目を光らせていた。

「次に来た時はうちのお菓子をリサーチしたと見えて、売れ筋のお菓子をドサッと買おうとしたの。でもね、当然のようにつけ払いって言われて……。ほら、私たちの文化ではつけ払いって馴染みがないでしょう?」

「言えてる」

私やカイルの持つ前世の記憶では、つけ払いなんて前世紀の遺物だ。お金持ちの世界では残っていたかもしれないけれど、私たち学生には縁がなかった。

「え、これだけ繁盛しているのに売掛取引をされていないのですか?」

不意に話に入ってきたこの男性は、なんとケイレブである。本日の大型ルーキーとしてルーファス様が召喚した。商売に詳しく、私とイーサンが取引を始めてもサポートができて、まだ顔が売れてなく、信頼できる人物として抜擢だ。

ちなみに彼の今日の役どころは私の家の執事見習いで、チャーリーの衣装を一式借りている。

「あ……えっとね。平民だから、売掛は馴染まないっていうか、まだ若い店だからそれほどお客様と信頼関係が結べてないっていうか、帳簿が複雑になるのも年末に取り立てるのも面倒っていうか」

「そうそう。やっぱり会計専門の従業員でもいないと、私も無理だと思うわ」

「確かに。カイルさんはそもそも職人ですしね」

私とカイルの取り繕ったような答えに、ケイレブはなんとか納得してくれた。

「で、『月末にならないと私はあまり現金を持たないんだ』と言いながら、プリプリしつつもその時はお金を払ってくれて。もう来ないかな？　と思ったら、お菓子が先方で喜ばれたみたいで、結局毎月頭に買いに来てくれるようになったのよ。でも、『いらっしゃいませ』と、『ありがとうございました』程度の会話だけ」

「特に商売とかは持ちかけられなかった？」

「全く。やっぱりターゲットは女性なんじゃないの？　そうそうピア、ちゃんと今日のこと、エリン様には断りを入れてるの？」

「もちろんよ。イーサンと仲良くなったなんて冗談でも誤解されたくないもの。しっかりGOサインを貰ってる。自分に遠慮せず叩き潰してくれって」

「あら、腕が鳴るわね。ピア」

エリンの手紙には頰の腫れも引いたとあってホッとした。どうやらエリンは悲しみから怒りに感情が移行した様子。友としてはそのほうが安心できる。

やがて開店準備が整うと、私とメアリとケイレブは二階に上がって待機した。

久々の暑いくらいの好天で、窓から顔を出すわけにはいかないが、階下にたくさんのお客さんが訪れている気配がする。イーサンだけでなく他の王都のスイーツファンの皆様も、明日からの休み前にと駆け込んでいるのだろう。

今日はホワイツのジューススタンドも盛況だろうな、などと考えながら、化石の鑑定書を内職する。当たり前のようにメアリもケイレブも手伝いを申し出てくれて、私じゃなくても記入できる場所を次々と埋めていってくれた。初見なのに二人とも優秀すぎる。

そうこうしているとお昼になり、カイルの美味しいまかないをいただき、三人でちょっとそわそわしていると、正面の建物から窓越しにキラッと光線が入った。合図だ。

「ピア様、ご準備を」

「よかった。来なかったらどうしようと思ってた。ではメアリ、ケイレブ、よろしくね」

ちなみにケイレブからは、呼び捨てにしてほしいと懇願された。アンジェラも了承済みである。

「「はい」」

頼もしい二人に守られて、裏口から一旦外に出た。

いつものお忍びよりもかなり派手めなピンクのワンピース（メアリ曰く、そのほうが飾り立てることが好きな女性に見えるから、とのこと）を着た私は日傘を畳み、表の入り口のドアを開けた。

早速、「いらっしゃいませ！」という野太いビルの声がする。人当たりのいいビルは案外接客業に馴染んで見える。

店内を見渡すと、店員に変装したスタンの護衛が、それぞれ違和感なく働いていて、カウンターの奥で、カイルはケーキのデコレーション作業を行っていた。私たちの声に気づいているだろうけれど、あえて顔を上げない。

イーサンは笑顔を振りまきながら購入する焼き菓子を、スタンの偽店員に指差していた。それにしても顔がいい。キラキラ度ではフィリップ殿下と同格ではないだろうか。

「奥様、早く買わないと売り切れてしまいますよっ！」

メアリがせっかちキャラで口火を切り、開演ベルが鳴った。私は目立たないように深呼吸をして、イーサンの待つショーケース前に進む。

この人から闇ルートが解明されれば化石が売りやすい環境になり、巡り巡って、私の大好きなエリンのための復讐にもなるのだ。私はイーサンの隣に立ち、弱気な精神を奮い立たせて話しかけた。

「今日の季節のマカロンは何味かしら？　……あら？　あなた様とはホワイツでお会いしましたよね」

突然声をかけられたイーサンは驚いたように目を見開いたあと、顎に手をやりしばし考え、ひらめいたとばかりに手をポンと叩いた。この使い古された仕草、二流どころか三流役者では？

「ああ！　確かホワイト侯爵令嬢のお友達かな？」

「ええ、覚えていてくださり光栄です。私はピア・スタンと申します」

それを聞いたイーサンの目がキラリと光ったのは、見間違いではないはずだ。

「スタン侯爵家のお方でしたか。そうですよね、ホワイト侯爵令嬢のお友達ですから、そのくらいでなければ釣り合わない。私はイーサン、お見知りおきを」

そこから彼は、これまでになくニコニコと愛想がよくなった。

「すごい。イーサン様、いっぱい買っていらっしゃいますね。甘いものがお好きなんですか？」

「いや、全部お得意様へのお土産です。高貴な方々はこういった雑多な庶民の店に足を運びたがらないから、私が代わりに、ね」

パチンとウインクするイーサンの肩の向こうで、カイルが頬を引きつらせている。

あとで、この雑多な庶民の店が大好きすぎて、近衛を撒いてでもお忍びで通っている、計り知れないほど高貴な血筋のジョニーというおじさんがいると伝えてあげよう。だからそんなに怒らないで！

私の選んだお菓子をイーサンが品定めした。

「ん、見た目のパッとしないお菓子を購入されるのですね、それは？」

「パッとしない、だと？」

カイルの演技ではない、男言葉の不穏な呟きが耳に入り、慌てて大きめの声を被せる。

「これは『おからクッキー』です。簡単に言えば材料の小麦粉の分量を減らして豆乳を搾ったあとの大豆粉を入れている、通常のものより健康的なクッキーです。ダイエット中の

おやつにピッタリだと、うちの母は申しておりました」

「ダイエット中のお菓子？　なるほど、よいことを教えていただきました。このお店は斬新さが売りだというのに、自分自身が保守的なものばかり選んでしまった。役者たるもの、新しい物にチャレンジしないとね」

そう言うと、イーサンは自分のカゴに大量のおからクッキーを追加した。カイルが白けた顔をしている。

「このお店、今言ったように国一番の斬新さなのですが、カフェを併設していないのがマイナスですよね」

とうとうカイルがめん棒を摑んで大きく振りかぶった。慌ててビルが間に入り、カイルから凶器を取り上げた。

この男、菓子店経営について何も知らないだろうに、なぜこんなに偉そうなことを言えるのだろう？　私も素人だけれど、カイルが自分の目の行き届く大きさで店舗の規模を抑えていることこそが、品質保持に繋がり、ますますの人気店になっている勝因だと思う。

自信たっぷりにたくさん喋ることで相手の優位に立とうという戦略だろうか？　本当のかっこいい男とは聞き上手な男だと言ってやりたい。ルーファス様のような。

それにしても、この店はスタン侯爵家御用達だ。スタンの店の悪口をスタンの名を持つ私に言うってどういう……？　バカにしても気づかない相手だと侮られている？

「ピア様、眉間に皺が寄っています。スマイルスマイル」

後ろに控えるメアリの囁きで慌てて顔を作る。この男にはバカな女と思われることが正解なのだ。

「カフェですか、そう言われたら喉が渇いてまいりましたわ」

そう言いながら私は偽店員のビルに選んだ焼き菓子を渡し精算してもらった。買った包みをメアリに渡していると、イーサンは自分の購入品を定宿に届けてもらうように手配していた。ついつい買いすぎてしまう客が続出するこの店は、小遣いを渡すと届け先に配達してくれる子どものバイトを雇っているのだ。

イーサンが私に振り向き、ゆったりと微笑んだ。

「スタン夫人、喉が渇いたのであれば、是非私にご馳走させてください。少し歩きますが、馴染みのカフェがあるのです」

かかった！

「それはありがたいお誘いだけれど、初対面の方とは……」

私は頰に手を当てて困ったような仕草をする。すると袖口が下がり、純金のブレスレットがチラリと見えて――もちろんメアリに動作全般指導された――イーサンの視線が私の瞳から下方にそれたのを確認する。

「嫌だなあ。私の身の上はあなた様の懇意にされているホワイト侯爵夫人が保証してくださいますよ。そちらの付き人のお二人もご一緒に。最近パスマに買い付けに行きましてね。その時の珍しい話でもご披露します」

「珍しい話……ですの？」

社交界は珍しい話、珍品が大好きだ。カイルのお菓子もその一つ。それを誰よりも早く手に入れることが自慢であり、会話のイニシアチブを取ることができるのだ。噂好きの貴族女性ならば、迷わず飛び込むべきところ。

当然イーサンがパスマに行けるわけがない。海外に言ったとさらりと言って許されるのはマクラーレンの祖父母くらいだ。他にどんな嘘を重ねるつもりだろう？

「そうね、是非教えていただきたいわ。メアリ、短い時間であれば大丈夫よね」

「一時間くらいなら、次の予定に障りません」

そう言ったメアリの頬は赤らんでいて、びっくりした。休暇明けのメアリ、絶好調だ。

「よかった、ではまいりましょう」

心配そうに表情を曇らせるカイルに小さく頷き、イーサンの差し出した肘に手を添えて、私たちはパティスリー・フジを出た。

午後の真夏並みの日差しが照りつける中、ゆったりと十五分ほど歩くと、真っ白い壁が印象的なお店に到着した。イーサンが店員に頷くと、中庭が見渡せて、衝立がありプライバシーが保たれるような席に案内された。常連であることは間違いないようだ。

向かい合って座り、私の後ろにケイレブが静かに、メアリはうっとりと正面の男に目を輝かせながら立つ。メアリ、若干役に入りすぎでは？

化粧が流れそうに暑かったので、本当はホワイツのキンキンに冷えたスムージーのようなものを飲みたいところだけれど、とことん貴族っぽく見せるために、おすすめというお茶を頼む。

イーサンは役者だけあって、確かに話が上手かった。天気の話に始まって、有名な美人伯爵夫人の恋バナに私の食いつきが悪いとみるや（本当は登場人物が誰一人わからなかっただけ）、今上演中のお芝居の感想に先月のベストセラー本まで、話題は尽きない。

話題といえば、私も聞きたいことがある。

「あの、最近王都で医療師の先生が少なくなっていることを、どう思いますか？」

彼のお得意様のセレブはどういった支援をしているのだろう？　参考になることがあればなんでも試したい。

「え、そうなんですか？　きっと夏バテですよ。今日のように暑いと……医療師も人の子ですからね」

軽く流された。人の話は本当にどうでもいいようだ。それともこの大問題を肌で感じていない？　役者は感度が大事だと思うのだけれど。

もやもやしながら冷ましたお茶をいただいていると、後ろに立つメアリから背中を突かれた。

「と、ところで、先ほどおっしゃっていた、パスマから買い付けてきたものって、どういったものでしょう？」

「スタン夫人はパスマのことについて何をご存じですか？」

「そうですね、ホワイツで購入するマレダリというフルーツがパスマ産で、とっても美味しいです」

すると、イーサンはクスクスと上品に笑った。

「失礼。フルーツで喜ぶなんて、スタン夫人はまだまだ可愛くてらっしゃる」

エリンの店のバンペイユはそこらの店の宝石なんかよりもずっと価値がありますけど？

私がますますイラつきそうになるや、ケイレブがコホンと咳払いした。

「奥様、せっかくなので大人に相応しいパスマ産のものを教えていただいては？」

「そ、そうね。博識なイーサン様、是非お教えくださいませ」

ケイレブのナイスアシストを受けて私はイーサンを持ち上げた。するとイーサンは、心底嬉しそうな顔をして身を乗り出した。

「もちろん特別にお教えしましょう。ここだけの話にしてくださいよ？　実を言うと、上質な黒真珠を手に入れることができます」

「黒真珠ですって⁉」

私の驚く様子に、満足そうに頷くイーサン。ただ、私の驚きは「また黒真珠が絡んでくるの？」という彼からすれば見当違いのものである。

「そう、滅多に市場に出ることのない黒真珠です。ああでも、純真なあなた様には白のほうがお似合いかもしれない」

王妃様も欲しがった黒真珠、いくら払っても欲しいという人はいるだろう。

そして『滅多に市場に出ることはない』ならば、十中八九闇ルートだ。闇取引の本拠地はパスマなのだろうか？

「どうしましょう。ドキドキしてきたわ。もちろん相当のお値段はいたします」

「おっしゃるとおりです。ですが、もちろん相当のお値段はいたします」

元々闇価格なのに、この人はどれだけそれにふっかけてくるんだろう？　とぼんやり考えていたら、メアリにひっそり抓られた。慌ててしょんぼりした表情を作る。

「そ、そうよね。旦那様、購入を許してくださるかしら？　私になんか興味ないから……」

このセリフ、もちろんメアリの指導である。ルーファス様であれば、私が真珠を欲しいと言えば、どんな手段を使ってでも両手に溢れるほど手に入れてくれる気がする。絶対に迂闊なことは言えない。

「おや、こんな可愛らしい奥様に冷たいなんて……お可哀そうに。高位貴族とは政略結婚が常で寂しいものですね。私にお慰めできればよいのですが……」

そう言うと、なぜかイーサンは悲しげな顔をして手を伸ばし、唐突に私の手を持ち上げて甲にキスをした。ゾワッと怖気が走ると共に、メアリから殺気が噴き出した！　まずい。まとめに入らなければ。

「そそそ、そんな旦那様でも、エメラルドであれば手に入れたいと思うかもしれないわ。彼、コレクターなの。いつも値段も見ずに買うから困ってしまって……」

そっと彼の手から手を引き抜き、膝の上に避難する。

「エメラルドですか……ちょっと伝手をあたってみましょう」

即答しないあたり、今手元にないのだろう。真珠と同じ闇ルートに問い合わせるか？　全く別のルートか？　いずれにせよ数日中にアクションを起こすはずだ。

「お、お優しいのね」

メアリの指示で、頑張って微笑んでそう言ったところで、ケイレブが「お時間です」と声をかけてくれた。彼的に十分な情報を仕入れたと判断したとみえる。

その後、イーサンが既婚者である私とは連絡が取りにくいとオブラードに包んだ表現で言ってきたので、メアリを通して手紙をやりとりする約束をして先に店を出た。

「あ、お勘定はどうすればよかったの？」

「ここは奢られておきましょう。そしてピア様が大げさなお礼状を書くのです。するとお茶一杯で大物が釣れたと喜ぶはずです」

「そんな駆け引き、自分では思いつかないわ。ケイレブ、ありがとう」

「ピア様、お疲れ様でした」

「メアリも心強かったわ」

三人で、パティスリー・フジからの会話を復習しながら、グリーン邸への帰途についた。

その夜、ルーファス様の帰宅を待って、ケイレブとメアリを交えてミーティング夕食会をした。二人の報告と、ルーファス様の質問をしっかり聞きながら、私は無難に役目を果たせたようだとホッとする。

「ケイレブ、突然のことなのに我が家の者と連携を取って働いてくれて礼を言うよ」

「こちらこそ、滅多にできない経験をさせていただき、正直面白かったです。イーサン氏はなんというか……逸材ですね」

そう言ってニコニコ笑うケイレブ。私たちに気を使っての発言とはわかっているけれど、それでも苦痛ではなかったようなのでよかった。

「では、今日の話を元に無理のない範囲で、イーサンの追加情報を集めてくれ。商人のネットワークでしか拾えないやつをね。尾行など危険なことはしないように。それはこちらでする」

「かしこまりました」

ケイレブは我が家の夕食をたくさん気持ちよく食べて帰っていった。残った私たちはルーティンに戻る。

寝る前に学会のレポートを進めようかと思ったけれど、日中慣れないことをしたからか、入浴のあとは何をする気も起こらなかった。ソファーの上で膝を抱いて座り、ぼーっとする。

すると一日の仕事を終えたルーファス様がやってきた。私がソファーの端に移動すると隣に座り、なぜか手に持っていたお湯で濡らしたタオルで、私の両手を拭き取り始めた。

ほかほかして気持ちいいけれど？

「えっと、ルーファス様？」

「イーサンからキスを受けたと聞いてる。私のことを器が小さい男だと思うかもしれないけれど、嫌なものは嫌だ」

ルーファス様はそう言ってチッと舌打ちした。そんなことまでルーファス様に報告が上がっているとは、スタン家の影恐るべしだ。

ルーファス様は仕上げに私の手の甲と手のひら両方にキスをして、「これでよし」と、私を抱き上げ膝に乗せた。

「私だってとっても気持ち悪かったのを、自分の言い出したミッションだからと頑張って我慢したんですよ？　それにしてもイーサン、会話も仕草もなかなか素晴らしい手管でした。貴族の箱入り娘で、恋愛を知らないまま結婚した世間知らずのご夫人なら、彼にコロッと転がされてもしょうがないと思いましたね」

　でも、どことなく胡散臭くて……そこが一流役者と二流役者の違いのような気がした。

「へーえ、ピアもいい男だと思ったの？　コロッといきそうになった？」

「いきませんから。正直ケイレブとメアリの指示どおりに動くのでいっぱいいっぱいでした。役者で言えば、ルーファス様と見に行った『髪結い』の役者のほうが、全然素晴らしいと思いますし。それに、そもそも私たちは政略結婚だけど、政略じゃない……でしょう？」

　少なくとも私はちゃんと、苦しいくらい想いを募らせる恋をして、ルーファス様と結婚した。そう思いつつルーファス様を窺うと、ルーファス様は私を覗き込むために人差し指で私の前髪を払った。

「私たちは政略結婚だけれど、私があの日に一目惚れして、必死にピアの信頼を勝ち取って結婚した。私の粘り勝ち結婚、かな？」

「もう！　私だってアカデミーに入る頃には、ルーファス様のことしか考えられなかったし……あ」

既に夫婦なわけだしバレても問題はないけれど、自分の心を曝け出すのはやはり照れくさい。特にあの頃は〈マジキャロ〉とルーファス様を想う気持ちで板挟みになって、とても……辛い時期だったから。

「そっか、そんなに早くから私の想いは報われていたんだね」

私と正反対に目を細め嬉しそうに笑ったルーファス様は、額をコツンと私と合わせた。

「私だってピアしか見えていないよ。愛する人が政略結婚の相手でもあった私たちはラッキーだ。でもそれからのお互いを尊重し、信じ合う気持ちが、今の幸運を引き寄せたんだと思うんだ」

尊敬し大好きな相手に歩み寄ることは、全く苦にならない。はにかみながら伝える。

「ずっと仲良くしていきましょうね」

「うん。ピア、本当に可愛い」

ルーファス様は二回鼻を擦り合わせたあとキスをした。

第五章 自信MAX役者VS弱気MAX令嬢

雨季も終盤となり、朝からバケツをひっくり返したような雨である。しかし、研究室に朝から晩まで籠っている私にはあまり関係ない。化石にカビが生えたら絶叫するけれど。

「ただ今戻りましたー！」

アンジェラが昼休みから戻ってきた。私は学生時代からお弁当派だけれど、アンジェラは学食派だ。最近はこの春一緒に研究助手になった同期四人で待ち合わせしているらしい。私と四六時中一緒にいるよりも、同じ立場の友人とわいわい食べたほうがいい気分転換になるだろう。

「はい、ピア様お土産です」

そう言って差し出されたのは、カラフルなデコレーションが可愛いカップケーキだった。

「美味しそうね。どうしたの、これ？」

「学食に期間限定の出店が来ていました。マクラウド領のお菓子屋さんだそうです」

マクラウド領といえばグリー教授だ。お元気だろうか。今度学会にいらっしゃるかな？

そう、再び年に一度の学会の時期が近づいている。

「ありがとう。おやつにいただくね。楽しみ」

「いいえ、ささやかですが、これはピア様にお礼なのです。ルーファス様と一緒に食べてくださいね」

「お礼？」

お礼なんて言われることはしていないけれど。それよりも、医療師養成資金のための化石売却準備作業である、化石の仕分けや鑑定書作成など、とことんアンジェラを使っている自覚がある。私ってブラック上司かもしれない。

「ケイレブにお仕事を回してくださったでしょう？　もちろん守秘義務があると知っていますから詳しい話など聞いてません。でも、ルーファス様の下で働くと大変勉強になるって、会うたびにウキウキしてます。それに、実のところスタン侯爵家からの報酬のほうが、本業より多いそうです」

スタン侯爵家で働くのは精神的にも体力的にも非常に厳しいと、ずっとマイクたちを見てきた私は知っている。それでも皆が辞めないのは、正しく評価されることと、それに見合ったお給金が貰えるからだろう。

「こちらこそ、とっても助けてもらってる。ケイレブのこと、私もルーファス様も頼りにしているの」

「そう言ってもらえると嬉しいです。先日会った時、『この分だと、思ったよりも早く結婚資金が貯まりそうだから、どういう家に住みたいか考えてねって』言ってくれて」

そうもじもじしながら話すアンジェラは、最近どんどん綺麗になっている。恋は偉大だ。

「それは何より。でもひとまず学会での発表を真剣に考えたほうがいいよ。理事たちにアンジェラを採用して正解だったと、初年度から思わせないと」

「それ、ピア様もですよ」

「ぐっ……」

ブーメランを投げ合い、共に傷つく私とアンジェラ。

それにしても、ケイレブはもう結婚の話を出したのか。ということは、婚約はほぼ確定だろう。

ふと、ケイレブに多額の報酬を約束した仕事を与えたのも、この流れを作るためだったのでは？　と思いつく。アンジェラが幸せになるためにルーファス様が手を回したのだ。

ルーファス様はマレーナが毒を盛られた件にとても胸を痛めていたし、アンジェラが幸せになれば……私が喜ぶから。本当にルーファス様には感謝しかない。

これはひょっとすると、エリンの次に結婚するのはアメリアを追い越してアンジェラかも？　などとゆったり考えていると、マイクに「ピア様？」と笑顔で怒られた。

私はバツが悪い思いをしつつ、今度こそ論文に集中した。

長雨は大地をたっぷり潤して、雨季が明けた。あじさいとヒマワリが混在する色鮮やかな我が王立アカデミーで、国内最大規模を誇る学会が始まった。

今、壇上で挨拶をしているのはエドワード王太子殿下の婚約者で既に実質王妃で、恐れ多くも私を友と呼んでくれるアメリアである。

このたびアメリアは、由緒ある学会の名誉会長に就任した。親友二人が登壇するならば当然よ！　とのこと。友情が重くて嬉し涙が零れそうだ。

たとえお飾りであれ、トップが女性（それも次期王妃）ということに意味がある。王家は女性の学術分野進出への後押しをするという、はっきりとしたアピールになるからだ。

そして生真面目なアメリアは決してお飾りにはならない。なんとか時間を捻出して、全部でなくとも登壇者の論文に目を通し、生涯支えてくれるに違いないのだ。

アメリアの後ろには学長や、ここ最近お会いしていなかった天才ガゼッタ夫妻、グリー教授らアージュベールの頭脳が勢揃いしている。

ここ数日、その先生方からお茶のお誘いがあったけれど、自分の発表が終わらない限り人に会える精神状態ではないので、出番のあとでお願いしますとお返事した。先生たちは皆、「やっぱりね」という反応だった。

拍手が沸き起こり、アメリアが手を振りながら貴賓席に落ち着いた。それを見て私は下唇をぎゅっと噛みしめる。今回の学会講演のトップバッターは——私だ。

実は私が志願した。目立ちたかったから。

「よし、ピア、行ってこい」

舞台袖に待機しているルーファス様が、制服姿の私をぎゅっと力いっぱい抱きしめて根性入れしてくれた。あまりの窮屈さに肺の奥の空気がげほっと押し出され、それと共に私の緊張はかなり消えた。深呼吸しながら壇上に立つ。

「アージュベール王立アカデミー地質学研究室、ピア・スタン博士と申します。皆様、しばらく私の発表にお付き合いくださいませ」

一礼して顔を上げると、貴賓席のアメリアと、その案内役として隣に座ったガゼッタ夫人と目が合った。二人とも口の端を上げて頷いた。

私が一番手になった理由は二つ。

一つ目は次期王妃に引き続き女性が登壇するという、史上初めてのインパクトを聴衆に与えるためだ。

アカデミーは女性にも門戸を開いている、女性であっても勉強や研究を諦めなくていい、時代は確実に変わっているのだというメッセージが、若い学生たちに伝わればいい。

そして、国の発展には優秀な人材が必要で、そこに性別は関係ない。アカデミーの研究室で自分の道を究めた優秀な女性がいずれ各業種で登用されることを、スタンという侯爵家の名を持つ私は希望し、歓迎している、というメッセージでもある。

さらに今までの流れで、王家もキース侯爵家も同じ考えだということが、伝わる者には伝わるはずだ。

二つ目の理由は、単純に一番手の講演が最も人の入りが多く、真剣に耳を傾けてくれるから。さすがにアメリアの前で居眠りする猛者はいないだろう。

そこまでして聞いてもらいたい私の今回の発表は、世間受けする地質学や測量結果の考察ではなく……念願の化石一本ストレート勝負である！

昨年のような玄人向けの化石の分析結果だと、はなはだ遺憾ながら多くの聴衆が寝てしまうので、今回はマレーナにも理解できるような論文に仕上げた。

ハリス領で採掘した三つの化石について、時代やその化石から何を知ることができるかを話すと同時に、大きな模造紙に私が拡大して描いた、化石や発掘時の地層の絵を後ろに貼り、画像としても覚えてもらう。

そして最後にさりげなく、それぞれの値段も伝える（絵にも当然書いている）。ジェームズと話し合いルーファス様から許可の出た、基準価格に諸経費を足した売価だ。

この公の場で化石の初歩的知識と適正価格を大っぴらに知らしめ、平民も出入りできる（若干扉の黒鷲が威圧的ではあるが）ギルドで取り扱っていることを周知することで、闇取引での高価売買を、意味がないのでは？　と思わせて、闇で売れなくすることが狙いだ。

当然ルーファス様が立案計画し、私にわかりやすく説明してくれた。その期待に応え、少しでも闇取引に打撃を与えるためには、私が丁寧に解説し、聴衆の耳をこちらに向けさせなければならない。

数少ない女性研究者のサンプルとして、お膳立てしてくれたアメリアに恥をかかせないように頑張らねば。グッと拳を握りしめ、本題に入った。

何度も噛んだり、突然の質問に記憶が飛んで焦る場面もあったりしたけれど、制限時間を使い切り、話を結んで、温かい拍手の中舞台から降りた。

一気に脱力してしゃがみ込みかける私を、その途中でルーファス様が掬い上げた。

「ピア、お疲れ様。とてもいい講演だった」

ルーファス様は誇らしげな顔で私を見つめてくれて、こそばゆい。楽屋に戻り椅子に下ろしてもらうと、次の登壇者の講演が始まったようで、講堂から拍手が響いた。

「ど、どうでしょう？　私の意図、伝わったと思いますか？」

「この国の最高学府の講演を聞きに来ている人間だ。ちゃんと理解してるさ。伝わらない者は相手にしなくていい」

「よかった……これで一仕事済んだ」

「本当はこの本業を頑張りたいのにね。結婚以来いろいろと余計な仕事を増やしてしまってごめん」

「何をおっしゃいますか」

疲れもあって、力なく苦笑した。忙しい目に遭っているのは自分から首を突っ込んでいってるからだとわかっている。

やり切って抜け殻状態の私に、ルーファス様が冷たいお茶を持ってきてくれた。体中に染み渡り、生き返る。こうしてルーファス様が隣にいてくれるから頑張れて、なんとかやり遂げられるのだ。

「そうなの？　夫婦だから、もちろん隣にいるさ」

「あれ？　声に出てました？」

「うん。まあ、声に出てなくてもピアの考えていることはたいていわかるよ」

「ずるい。私はルーファス様の考えていること、高度すぎて読めないのに」

「聞けばいいだろう？　ピアに隠し事なんてしないから」

ルーファス様とお喋りしているうちに高揚していた気分も鎮まった。

私たちは講演を邪魔せずに入れる、演壇脇にある半地下の出演者用の席に移った。そろそろアンジェラの出番のはずだ。愛弟子の初陣、見届けなくては。

やがて私同様に制服姿のアンジェラが緊張した面持ちで壇上に立った。ちらりと貴賓席を見れば、アメリアも少し不安そうに可愛い妹分を見守っている。

「本年度、ピア・スタン地質学研究室に入りましたアンジェラ・ルッツ研究助手です。私の発表はルッツ子爵領で化石探索中に発見した古代の人類の営みについてです」

アンジェラは、領地の崖で自主練していた時に山ほどの古い貝殻を見つけた。その相談を受けた私がパッと思いついたのが貝塚だ。

貝塚は先史時代の人間が食べた貝やそれ以外の骨などを捨てた、いわばゴミ捨て場だ。日本の小学生は社会科の見学旅行で古墳とセットで行っていたなあ、などと思い出しながら伝えると、アンジェラは俄然やる気になった。

『アンモナイトや葉っぱよりも、よっぽど人類の祖先のほうが興味あります』

『そ、そう』

古人類学は私にとって時代が新しすぎるので範疇ではない。前世の義務教育の教科書程度のアドバイスしかできなかったが、事前に目を通した論文はとても面白いものに仕上がっていた。

頭が凝り固まった貴族の中に、人間が裸に近い格好をして狩猟で生きていた時代を想像できる人がいるだろうか？　遠い祖先が貝をいっぱい食べて、それが累積した場所だよ、と聞いて、すんなり信じられるだろうか？

アンジェラにはそれができた。いつも思うけれど、アンジェラは素直で良い意味で先入観がない。学者向きだ。

「なかなかどうして。アンジェラ、初めてとは思えない話しっぷりだな」

演壇で力説するアンジェラは堂々としたものだった。でも私の座る位置からはアンジェラの手元がプルプル震えているのが見える。

これまでたくさんの修羅場を乗り越えてきたアンジェラ。頑張れ！　頑張れ！

両手を握りしめ、祈るように見つめること数分。アンジェラは「以上です」と話をくくり、優雅に頭を下げた。

すると、大きな拍手が講堂に響いた。出元を探るとやはりケイレブだった。それを皮切りに、盛大な拍手が沸き起こる。

「おねえさまー！」

なんとケイレブに高く抱き上げられたマレーナが両手を大きく振り、アンジェラが私の研究室に就職する時に挨拶に来てくれたルッツ子爵も立ち上がって拍手している。その横でハンカチを目に当てている女性はきっとアンジェラたちの母だろう。

ケイレブ、完全にルッツ子爵家の輪の中に入っているようだ。

それにしても、アメリアに次ぐ、今日二番目の拍手の大きさではないだろうか？

「やっぱり、一般的には貝やシダの挟まった古い石よりも、人間のルーツのほうが興味を惹かれるんだろうね」

ルーファス様も、腕を組んで頷いている。なんだろう、せっかく我が研究室の助手の発表が大成功だったというのに、じわじわと湧き起こる敗北感。

「ルーファス様もそう思います？」

「うん」

即答されショックに固まると、ルーファス様は慌てて私の両肩に手を乗せた。

「誤解しないで。あくまで一般論だよ？　私は地味な研究を継続できるピアを尊敬しているし、その研究が実際多くの人々を助けていることも知っている。控えめなピアを思って喧伝していないだけだ。それともピアは、アンジェラのように大勢に囲まれて称賛を浴びたい？」

大勢に囲まれて——ちょっと想像しただけで、体が縮こまる。

「……いえ、今のまま、地味に働きます」

「よかった。私はピアを独り占めしたいから。今日も私がめいっぱいお祝いするからね」

そう耳元で囁いたルーファス様は、そのまま私の頬に流れるようにキスをした。夫婦とはいえ、人前では恥ずかしくて顔を手で隠し伏せると、場内のどよめきが大きくなった。

まだアンジェラへの賛辞が続いているようだ。

うん、皆アンジェラの学会デビュー大成功を盛大に祝ってあげてください。やっぱり私はこうして水面下で活動するのが性に合っていると痛感した。

私の講演の成果も少しはあったのか、内偵によってリストアップされていたカーターの出入りしていた家や、以前から怪しいとマークされていた人間が動きを見せた。まだ私の発表した化石の価格が世間に行き渡る前にと思ったのか、化石を売り急ぎ、浅はかにも専門店であるギルドに持ち込んだ。すぐさまスタンの影に捕まり、騎士団に引き渡され、追い詰められて入手先を吐いていく。

密売品だと自覚していて、足がつくのを恐れた人間の中には、化石を破壊したり、山林に捨てたりする者も現れた。今、私の魚竜ルームには、そんな化石の欠片が箱いっぱい届けられている。

採取した場所も状況もわからない化石を修復する時間はないので、貴重なものが紛れていないかざっとチェックして、種類や個数を簡単にメモ書きして箱に戻す。ふと手にしたのは割れて足が二本しかないヒトデの化石。本当はお星さまのような形をしていたはずなのに——。

悲しみを通り越し、怒りで震える。太古のこの星の貴重なメッセンジャーを金儲けの道具としてしか扱わず、さらに悪事がバレそうになった瞬間壊すなんて、大人のすることとは思えない。

滅多にキレない私が、納屋で背中を丸めてブツブツ言いながら作業する姿を見た使用人がとても驚いていたと、サラに聞いた。いや、私だって怒るよ？　マレーナを誘拐された時も、マリウスにバレないように隠していたけれど心の中では相当怒っていた。

そんな私にいよいよ本命、イーサンから声がかかる。飛んで火にいる夏の虫とはこのことだ。絶対に捕り漏らさないと気合を入れていると、ルーファス様に注意された。

「ピア、変に気負わないで。ピアの役割は前回同様、無知で手玉に取りやすい侯爵令息夫人なんだから」

すると、横からお義母様も口を挟む。この計画をいつの間に耳にしたのか？　決行日はスタン侯爵邸で準備するように命じられ、今、メアリとサラ二人がかりで悪趣味なほど飾り立てられている最中だ。

「ピア、社会勉強だと思ってリラックスしてお行きなさい。今回の交渉が上手くいかなくても慌ててはダメ。またあちらから声がかかるだけよ。選ぶのはピアなの。間違えないように」

メアリに化粧されながら、鏡越しに二人に向かって頷き、鎮静剤のように胸の〈妖精の涙〉をぎゅっと握り締めた。

「ピア、〈妖精の涙〉は外していきなさい。そんな立派なものをつけていたら、あちらはエメラルドを出せないわ」

そう言われれば、と思い、私が首に手を回そうとすると、それより速くルーファス様が腕を伸ばし、〈妖精の涙〉を外した。

「ありがとう、ルーファス様」

「どういたしまして。この機会にクリーニングしておくよ」

替わりにメアリにつけられたのは、鎖のようにジャラジャラした金のネックレスだ。

「その昔、当主が妻のために金を採って作ったんですって。重いでしょう？ 私は苦手だけれど、小柄なピアにもあまりに合わないわね。まあ気に入ったらそのまま持って帰ってちょうだい」

「私たちのリングもそうだけれど、うちはたまに金が出るからね。そろそろピアが見つけてくれた金脈、本腰入れて掘ってみようか」

いろいろと重すぎて、肩こりしそうなので返事は一旦保留にした。やはりスタン侯爵家は別格だと今更ながら思う。

イーサンに呼び出されたのは、初めて訪れる高級レストランの一室だった。老舗というよりも、流行のお店らしい。しかし、立地なのか窓の少ない部屋のせいなのか、人間が密集しているからか、非常に蒸し暑い。エアコンなしでは生きていけなかった前世の夏を思い出す。

本来は身だしなみアイテムである扇子を開き、パタパタと高速であおぐと、今回もお供してくれたメアリとケイレブに苦笑された。お義母様セレクトのドレスはシルクの上にブルー系の繊細なレースが二重に重なったもので、見た目は華やかで軽やかだけれど重ね着している分暑いのだ。おしゃれって大変だ。

私を上座の奥の席に通し、自分はドアを背に座ったイーサンも、この暑さは想定外だったのか、少しムッとした顔をした。

「夜なのに暑いですね。冷えたワインを頼みましょうか？　食事はマスがメインのコースがおすすめです。私にお任せ願えますか？」

「ごめんなさい。食事は済ませてきましたの。それにお酒を飲んでしまうと私、すぐ眠たくなってしまって……大事なお話を聞かなくちゃいけないから、他のものを飲みたいわ」

「ならばさっぱりしたものを頼みましょう」

イーサンは私をもてなすつもりで来てくれていたようだが、特に気を悪くした風でもなく、冷たい飲み物と軽食をオーダーした。

実のところメアリから食事はしないようにと厳命を受けていたのだ。こんな一流店で良からぬものを食事に混ぜ込めるとは思えないけれど、お金をちらつかせれば、魔が差す従業員もいるかもしれない。注意するに越したことはない。

やがてテーブルにはカナッペのようなスナックと、イーサンには赤ワイン、私には氷のたっぷり入ったレモネードが運ばれてきた。

イーサンがウエイターとリストを見ながら次のワインを相談している瞬間、メアリがさっと手を伸ばしレモネードを毒見する。何も言わずに後ろに戻ったので、問題ないということだ。

「では、スタン夫人、星の瞬く素敵な夜に乾杯」

「か、乾杯」

あまりのキザなセリフに挙動不審になりつつコップに口をつける。冷たくてホッとしていると、イーサンに楽しげに見つめられていた。彼の目にはカモがネギをしょってるように映っているのだろうか？

前回と違い、世間話もそこそこに早速商談に入った。今回の一品、手に入れるのにどれだけ苦労したか、今日を逃せば二度と手に入らないだろうと、購買意欲をかき立てるトークはドラマチックですらあった。タダで、そしてこんな至近距離でお芝居を見せてもらってありがとうございます、とお礼を言いたいほどに。

私が感心して見入っていると、またもやメアリに脇腹を突かれた。

「そ、それはとっても楽しみだわ。でも今更ですけれど、イーサン様はホワイト侯爵夫人と親しくしてらっしゃるのでしょう？　スタンと取引を始めることで、あなた方の間に波風を立てたくはないわ」

「いえいえ、彼女は私の商売に理解がありますので。でも夫人が気になさるのであれば、ホワイト侯爵夫人とはしばらく距離をおいても……」

そう言いながら彼は私のグラスを持つ手に視線を落とす。私の右の人差し指には巨大なオパールの指輪がはまっている。もちろんお義母様による仕込みである。

どうやら――彼はホワイト侯爵夫人と疎遠になってでも私と取引をしたいらしい。既に夫人と取引するものがなくなって、まだゼロの状態の私のほうが売りつけるものがあると考えたのか？　このオパールに目が眩み、牽制関係にある侯爵家同士と知りながら、多少のリスクはあっても乗り換えようと決めたのか？

それとも闇取引世界の情勢が厳しくなってきたから、単純にパトロンを増やそうということ？　なんにせよ、簡単にエリンのお母様を見限ったように聞こえて気分が悪い。ほとほと嫌気の差した心を、根性で隠す。

「そうなの？　でも、まずはモノを見てみないことには。どれほど素晴らしい一品であっても相性があるでしょう？　是非、私に相応しいものを見繕っていただきたいわ」

「もちろんですとも。ではご覧ください」

イーサンが後ろのテーブルに置いていた箱から恭しく取り出したものは、純白の真珠のネックレスだった。それは確かに希少で粒も揃っていて一級品だとわかったが……驚きはしない。

「おや？　お気に召しませんでしたか？」

私の反応の薄さに、ちょっと戸惑って見える。

「いえ、ただね、もっと素晴らしいものを、よりによって一番身近な人が持っているのよ」

その真珠の名は『ライトの忠心』。サラのお母様、ライト元子爵夫人の形見で、サラが結婚式に身につけていたものだ。幸せそうなサラと相まって、見たこともないほど光り輝く一品だった。

それを思い出し、申し訳なさについ芝居でもなく苦笑が漏れてしまう。

「そう……でしたか。さすが侯爵家ですね」

まさかこんな展開になるとは思わなかったのか、イーサンは顔を引きつらせた。ここで引き下がられたら、私たちが知りたい、彼の先に存在する組織に繋がらなくなってしまう。

すると、ケイレブがにっこり笑って、隠すでもなく私の耳元で囁いた。私は名案だとばかりにパチンと手を合わせた。

「そうね！　では黒真珠を見せてもらおうかしら？　これまでご縁がなくって。真珠に強いのでしょう？　黒真珠さえあれば、付き合いのある奥様方みんなに自慢できるわ！　私が一番になれる！」

一ミリも持ち合わせていない対抗心をにじませて、私は早く早くと目で訴える。イーサンがどう対処するか、実際わくわくしてきた。

チキンな私がなぜこんなに余裕でいられるのかというと、もちろん背中にスーパー侍女と昨年度のアカデミーナンバーワン秀才が控えているからである。つくづく二人を配置してくれたルーファス様に感謝だ。

イーサンはいかにも困り果てたという顔をした。

「申し訳ありません。本日、黒真珠は持参していないのです」

「あら……残念」

「奥様、そろそろお暇を……」

ケイレブがそう言って、本物の従者のように椅子を引く仕草をし、私も頷いて腰を浮かせた。

「お待ちください！　こちらはいかがでしょう？」

ケイレブの見越したとおり、隠し玉を持っていたようだ。私が首を傾げて座りなおすと、イーサンは胸元からベルベットの小箱を取り出し、その蓋を開けた。

いた。

〈妖精の涙〉を凌ぐ大きさのエメラルドのルースが、照明の反射でキラキラと光り輝いて
「まさか……こんなに大きなエメラルドを……」

ルーファス様とお義母様の想定どおり出してくるとは！

「どうです、素晴らしいでしょう？」

私の唖然とした顔を見て、イーサンはしてやったりという表情をして、白い新品の手袋を渡してきた。私はありがたく受け取ってそれをはめ、差し出されたエメラルドを慎重に摘まみ、左手を添える。

質感、重さ、色合い、間違いなく本物だ。毎日首にぶら下げている私が言うのだから間違いない。純度は〈妖精の涙〉には遠く及ばないけれど、最高級品に間違いないだろう。

そしてルーファス様の弁によれば、スタン家の目を通っていない最高級エメラルドなど流通しない。つまりこれはモグリだ。かかった。

「あなた様にお会いしたあとに少し調べたら、スタン侯爵家は歴代エメラルドを手に入れたがると聞きました。夫人は残念なことに瞳がエメラルドではない。それゆえスタン侯爵家である証に、必ず欲しがられると思ったのです」

なんだそりゃ？　とあまりに的外れな推測に口を開けそうになるけれど、踏みとどまった。スタンのエメラルド色の瞳はルーファス様とお義父様だからこそ似合うのであって、

自分もそうあればよかったなど思ったことはない。

「もしお気に入りいただけましたら、加工のほうも相談に乗ります。いい職人がおりまして、精緻な細工の純金の枠に嵌め、ペンダントに仕立てたら、きっと垂涎の的になるでしょうね」

イーサンは私の金の首輪のようなネックレスを見ながら微笑んだ。

こういう場合、その職人も闇職人ということになるのだろうか？　逆に闇商人に搾取される側？　芋づる式にいろんな問題が表面に出てくる。

「……ちょっと言葉を失うほど素敵だわ。いくらで譲ってくださいますか？」

「一億で……どうでしょう？」

エメラルドの相場の数倍ふっかけてきた。仕入れ値も高く見積もって五千万ゴールドとして、同額は儲けようとしているらしい。五千万ゴールドあれば、庶民は一生困らない。

闇取引が厳しく取り締まられる未来を迎えた今、この取引に命運を懸けたのかもしれない。

それとも単純に、スタンはこのエメラルドを買うしかないと、私の足元を見ているつもり？

「悩ましいわ……こんなに大きなものをどうやって手に入れたのですか？　ある程度素性がわからなければ不安だわ」

「それは秘密です。でも産地の情報は、ご購入後にお教えします」

「つまり優秀な商人のイーサン様は、本当はなんでも知っているということですね？」

私がそう問うと、イーサンは嬉しそうに頬杖をついて微笑んだ。

そこへノックがあり、返事を待たずにドアが開く。イーサンはさっと宝石を箱に戻し、ワインに手を伸ばした。

そんな彼の首に、ナイフの刃が触れる。

「じゃあ、そういう秘密を全て、話してもらおうかな？」

ヘンリー様がそう話し終わる頃には入り口から、さらにはこの部屋に飾られた大きな花瓶の奥からも赤い制服の騎士がぞろぞろと現れ、完全にこの場は制圧された。

すぐさまメアリが私を立ち上がらせ抱き寄せて、騒動からかばう仕草をする。

「なぜ……このレストランは安全なはずなのに……」

呆然とした表情でイーサンが呟く。ひょっとしたらここは元々闇取引に便宜を図ってくれるお店なのかもしれないが、正式な国の令状を持った騎士団がやってきて、逆らえるわけがない。誰だって我が身が可愛いのだ。

ヘンリー様はイーサンを後ろ手に縛り上げたあと、自分の名が彫られたナイフを鞘に戻した。じわじわと自分の置かれた立場を理解したイーサンは、ヘンリー様をギッと睨みつけ……瞠目した。

「き、きさま、よく見ればあの時のポーリーンの娘の婚約者じゃないかっ！　どういうこ

とだ！　なんの罪もない善良な市民に何をするんだ！」

「うん、なんの罪もなければ、頭を地面にこすりつけて謝るよ。だから質問、正直に答えてね。こっちは一瞬で裏を取れるから、欺こうなんて思わないように。別にやましいことをしていなければ、俺がいようがいまいがちっちゃな問題だよね」

イーサンは先ほどまでの優男の顔を消し去り、目を吊り上げて、ヘンリー様からメアリの後ろに立つ私に視線を移した。

「夫人！　騎士を連れてくるなんてどういうことだ。この男とグルなんだな？　よくも騙したな！」

「いいえ、私も何がなんだか……イーサン様と同じくらいビックリしています。早く疑いを晴らしてきてくださいませ。そうしたら是非お取引の続きをお願いします」

実際、ヘンリー様や騎士団がやってくるとは知らなかった。部屋に潜んでいたのも、過保護なルーファス様のつけたうちの護衛と思っていたくらいだ。計画を話すと私の動作に不自然さが増すのであえて知らされなかった、というところだろう。

ヘンリー様の指示でエメラルドはじめ、イーサンの持ち込んだ商品が証拠品として慎重に押収される。

「くそっ！　触るな！」

騒ぐイーサンはとうとう猿轡を嵌められて、彼よりも大きい騎士に両脇を挟まれ、連行されていった。ヘンリー様も常にない真剣な表情で私に少し手を上げて、出ていった。

「メアリ、守ってくれてありがとう。なんだか……呆気なかったわ。二人とも騎士団が来るって知ってた？」

私はメアリから離れ、部屋の惨状を眺めながら聞いた。

「いえ、私も驚きましたが、現行犯で捕まえるのが一番確実ですから。無駄がなくってルーファス様らしいですね」

ケイレブの言うとおりだ。騎士団は王家に忠誠を誓った組織で、この王都は王家の直轄地であるゆえに、騎士団の保安隊が前世で言う警察のような役割を担っている。

彼らが直接現場を押さえ逮捕すれば、誤認など起こりようがないし、捕まった側も反論しようもない。

メアリは何も言わないところをみると、全ての計画を知っていたのだろう。

「結局この部屋に、何人隠れてたの？」

「お二人です」

「二人も？　そりゃあ、暑くもなるよね。なるほど、メアリは二人を上手いこと隠す任務もこなしていたのね」

六畳ほどのスペースに私たち三人とイーサン、そして大きな騎士二人。吐く息と発汗による熱も、この蒸し暑い夏の夜にとどめをさしていたのだ。

い……」
「それで、このまま帰っていいの？　お店には私が騒がせたお詫びを一言言ったほうがい

話の途中で、耳慣れた靴音が聞こえてきたと思ったら、ルーファス様がビルを従えてやってきた。

「ピア、ケイレブ、メアリ、お疲れ様。作戦は予定どおり無事完了したよ」

私たち三人は揃って頭を下げて出迎えた。ルーファス様もすぐ近くで様子を窺っていたのだろう。

「ケイレブ、何日も拘束して仕事を休ませて悪かったね。良い仕事をしてくれた。日を改めて礼をするから。表の馬車を使って帰ってくれ」

「いえ、ルーファス様のお声がけのおかげで、普通であれば一生することのない経験をさせていただけました。やはり実体験は違う……こちらこそ勉強料をお支払いしたいくらいです。ありがとうございました」

ケイレブもまだ十代の若者だ。天才であっても騎士団の生の摘発現場などを見ればハラハラドキドキし、得るものがあったに違いない。

「ケイレブ、私を助けてくれてありがとう。とっても理知的でかっこよかったとアンジェラに伝えておくから」

そう言って親指を立てると、ケイレブは少し頬を赤らめ、「お、お願いします」と小さ

い声で言い、別れの挨拶をして帰宅した。

ケイレブが出立すると、すぐに見慣れた我が家の馬車が現れ、ルーファス様と共に乗り込んだ。馬がゆっくりと走り出すと、ルーファス様は私を抱き寄せ、私の肩に顔を埋めた。

「はあ……ピアが無事で安心したよ」

「私がイーサンを上手く誘導できない心配はありましたが、危険は全くなかったでしょう？」

そもそもイーサンが武装している確率は低かった。

「もちろんだよ。それでも心配なものは心配なんだ」

そんなに心配しながらも、私に賛同しこの作戦を立ててくれたのは、私がエリンの憂いを晴らしたいと願ったからだ。

「私のわがままを聞いてくれてありがとうございます」

「ピアのわがままってわけじゃないよ。タイミング的に待ったなしで、私だって捕まえたかった」

エリンを思い出せば、数珠繋ぎにヘンリー様を思い出す。

ヘンリー様は騎士団員ではあるけれど、その生い立ちからフィリップ殿下やエドワード王太子殿下の警護の部隊に所属している。先ほどの保安隊ではない。

「畑違いのヘンリー様を呼ばれたのはルーファス様？」

「文官の私が表に出るとややこしくなるだろう？　それでヘンリーを騎士団との連絡窓口にしたら、本人がやってきた。まあ……ヘンリーも怒ってたんだよ」

「気持ちはわかりますが、公私混同はどうかと？」

「今回だけだよ。友人だから内緒にしてあげて？」

ルーファス様が両手を合わせ、私に向け拝む。もちろん誰にも言う予定はない。速やかにイーサンを捕まえられたのは、ヘンリー様の静かな怒りがあったからこそ。どんな仕事であれ、執念があったほうが成功率は上がる。

「イーサンのホテルからも、たくさん証拠品が押収されるといいですね。そういえばとっても大きなエメラルドでしたよ？」

「ん、欲しいの？　ピア」

「まさか」

私はルーファス様の胸に手を置き、彼の顔を見上げた。世界で一番大きく、純度もMAXなエメラルドでも、ルーファス様の瞳には敵わない。

「私は本物であるルーファス様の瞳を、こうして一番間近で見られますし、〈妖精の涙〉が大好きだもの」

はじめは身につけるのをビビっていた〈妖精の涙〉だけれども、窮地に何度も私を励ましてくれた、今では相棒だ。

すると、ルーファス様は私の首に手を回して金のネックレスを外し、ポケットから取り出した〈妖精の涙〉をつけなおした。

「瞳と言わず、私の全てはピアのものだよ」

「あ、ありがとうございます」

「そして、ピアの全ても私のものだ」

その瞳を見ながら唇を奪われると、魔法にかかったように他が何も見えなくなり、私は確かに彼のものだと実感した。

イーサンは結局商人というよりも役者だったらしく、数日で商売上の秘密を全て吐き出した（商人であっても音を上げる尋問だったかもしれないが）。あげく、取引先との誓約を破ったから身の安全が保てないと、騎士団に保護を求めたそうだ。
「確実に有罪になり、牢に入るから心配いらないのにね。自分がそれほどの重罪を犯したという認識がないらしい」
「刑期はどのくらいになりそうなのですか？」
「そうだな……二十年くらいかな。模範囚になればもう少し短くなるだろうけれど」

当たり前だが、もうエリンの母に会うことはないだろう。刑期を終えても、犯罪者に侯爵夫人が会うわけがない。

長い時間が経てば、愛情？　も消えて、イーサンのほうも商売できないなら夫人に近づくことはない気がする。

これまで内偵を進めていた闇ルートが、イーサンの自白によって明確になり、時をおかず一斉に摘発し、大半を潰せたそうだ。

「今回のエメラルドはね、うちのリストを調べたら、三十年ほど前にとある子爵家から盗まれた盗品だとわかったんだ。届も出ていて、手元に戻った高齢の子爵夫人は泣いて喜んだって」

丁寧に調べればすぐに足がつく盗品を売りつけられようとしていたなんて、私はイーサンにちゃんとバカに見えたようだ。

しかし何より、盗品を売る行為はれっきとした犯罪だ。商人を名乗る以上、知らなかったでは済まされない。イーサンの罪はどんどん積み重なっていく。

「これで正規ルート、正規の価格で化石はじめ発掘品を販売することができますね」

それはつまり、医療師不足解消の資金が貯まりやすくなるということだ。自分なりに役に立てたようで、ホッとする。

「うん、これで一応の環境は整った。でも、化石が一過性のブームになってしまえば、やがて売れなくなるよね」

確かに。慈善(じぜん)目的での購入はせいぜい数個が限度だろう。化石をより深く理解してもらう必要がある。

「ピア、合間合間に一般の人にもわかりやすく、親しみやすく、化石の魅力(みりょく)を伝えたほうがいいんじゃないかな？　たとえば先々のことを考えて子どもたちを対象に、とか？……母親の仕事の偉大さが幼少期から伝わるように……」

「わかりやすく、ですか？　……そうだ！　アンちゃんとレックス様を増産し、そこから化石の世界に入ってもらいましょう」

終盤のルーファス様の主張を理解するより先に、素晴らしい天啓(てんけい)が私の頭に降ってきた。

「大事な娘がうなされるだろう！　そうじゃなくて、私は絵本なんかを考えていたんだが……」

「絵本ですか⁉　それもいいですね」

私たちはアカデミーの絵画の先生に、絵本を描いてくれる人材に心当たりがないか聞いてみよう！　いやロックウェルの農閑期(のうかんき)の内職にぬいぐるみを……などと話しつつ、短い夏の夜を過ごした。

幕間　〈武のコックス〉と揺るぎなき筆頭侯爵家

「ヘンリー、もうすぐ結婚だね。おめでとう」

「宰相閣下、ありがとうございます」

「くくっ、君にかしこまられるとむず痒いな。幼い頃のままスタンのおじさんでいいよ」

「ありがとうおじさん！　お祝いに氷をいっぱいクソ暑いコックス領にください」

休日の昼下がり、スタン侯爵家の父の執務室で、氷のたっぷり入ったレモン水を飲みながらそうほざくヘンリーを、隣から調子に乗りすぎだと小突く。

父も幼い頃から見守ってきた息子の友達を気にかけていたのだろう。私とヘンリーは立場が似ているから。一人っ子で、父親は貴族の当主で激務の要職。そのうえヘンリーには母親がいないのだ。

私が覚えているヘンリーの母は、この屋敷の庭で私とヘンリーを十秒逃がしたあと、ドレス姿というのに全力疾走で追いかけてくる人だった。

当時は理解不能だったが、ヘンリーと手を繋いで逃げ回り、まとめてガッチリ捕まって絶望するシーンは今思い返すと笑えるから、やっぱり楽しかったのだろう。ヘンリーのついでに私の頬にもキスをする、明るい笑い声の人だった。

裏表のないヘンリーの母親が身罷ってから、海外生活の長い母は友人と呼べる人間がいなくなった。ヘンリーの母のポジションを求めて擦り寄ってくる者どもには警戒するしかなく、いくら父が寄り添ったとしても、孤独だっただろう。

今は……この十年、ピアがいる。母は楽しそうだ。

「閣下、ギルドにも氷をお願いします。全く王都は暑くてかなわない」

父の前だというのに、ぐったりした表情を隠さないギルド長ジェームズ。彼の名はジェームズ・スタン、つまり親族だ。父のはとこにあたる。スタン領で父の重臣として働いていたが、その職を娘に任せ、隠居前にもう一仕事と王都に出てきてくれた。

ギルドには荒くれ者から高圧的な貴族まで、有象無象の人間が集まる。いざという時はスタンの名を使えば、たいていの厄介事は一瞬で消えるだろう。

ただ、ギルドを立ち上げて以来、一度もまだ名乗ったことはないらしい。この曲者はそんなものがなくとも追い払える実力を持っている。

「ルーファス様、今日は我らがギルド創設者のピア様は？」

「エリンと買い物に行っているよ。結婚式に必要なものを教えるのだと息巻いてた。今頃先輩風を吹かしてるんじゃないかな？」

「え？　色っぽいナイトウェアとか？　だとしたら俺、嬉しくて死んじゃいそう！」

「ヘンリー、今何を想像した？　死ぬか？　死にたいんだな？」

私がヘンリーの胸倉を摑んで凄むと、彼は顔を引きつらせ、私の腕をパシパシとタップした。

そんな私たちの耳に父の楽しそうな笑い声が届いた。

「全く、二人揃うと子どもに戻ってしまうんだね、お前たちは。今回ヘンリーも立派に騎士として務めを果たしたと、おじさんは聞いていたんだが」

イーサンは逗留していたホテルに簡易金庫を置いていて、その中に取引の帳簿をそっくり入れていた。あれで隠した気になっていたとすれば理解に苦しむ。

その没収した帳簿には、仕入先とお得意様と思われる我が国の貴族や裕福な市民の名がずらりと並んでいた。

「確かにヘンリーにしては珍しく、きっちり漏れなく調べ上げたよね。証拠ばっちりで摘発が成功してよかった。まあ、お疲れ様」

私がヘンリーから手を放して労うと、ヘンリーはお馴染みの満面の笑みではなく、どこか自嘲した顔になった。

「まあ、今回はね」

おや？　と父とジェームズと三人揃ってヘンリーを見つめた。

「いやさ……ホワイツでの事件のあと、エリン、見てられないくらい落ち込んでさ。何度も何度もごめんなさいって泣きながら……俺は背中をさするしかできなくて。ルーファスみたいに頭がよかったら、気の利いたことを言えるのに」

「……あの女も罪なことを。実の娘というのに」

父はそう言ってため息をついた。

「義理の母親になる人にこう言っちゃ悪いけど、クソだよ、あの人は。あれでエリンと血が繋がってるなんて冗談としか思えない」

ピアの母、私のお義母上の気さくで温かな笑顔が頭に浮かぶ。私は本当に運がいい。

「エリンを悲しませる奴は誰であれ二度とエリンには近づけさせない。あの人もこれで犯罪の片棒を担いだ人間になったから、うちに来ても追い出しやすくなった」

本来楽天家のヘンリーをここまで怒らせた夫人は大概だ。

「ヘンリー、ホワイト侯爵と相談したほうがいい。エリンの身はコックス領で完璧に守るから、早めに送り出すように。その間に侯爵はこの問題に決着をつけるようにと」

「……そうだね。父と相談して、その方向で話を持っていってもらうよ」

「ホワイト侯爵も頭が痛いですねえ。結局のところ温情をかけてしまった身から出たサビですが。うちの閣下なら、いかに身内であれ容赦なく切り捨てるでしょうに」

「ジェームズ、そもそも切り捨てるような者を、私が身内になどすると思う？」

父の返答を聞いて、ジェームズは「失言でした」と頭を下げた。

そして、イーサンの仕入先の後ろには、メリークとパスマが見える。

「皇帝が変わって混乱中のメリークで闇取引が横行するのは想定内ですね。皇帝陛下と連携し、アージュベールサイドの闇商人はイーサン同様厳しく取り締まりつつ、メリークの市民が厳しい規制で飢えたりしないラインで目溢し——あたりが現実的だと思います」

「ですね。スタン領にメリークの難民が押し寄せても困る」

ジェームズが首にぶら下げていたメガネをかけ、机の上の資料を見つめたまま返事をした。皆が話についてきているのを確認して説明を続ける。

「真珠は確実にパスマルート。イーサンが扱ってた分だけでも二カ所、取引先がある。こっちはイーサンのようなケチな小売りと直接やりとりしている」

「利益の中抜きがバカらしくなったのかな？」

「いや、ベアードが消えたからだ。ベアードはメリーク相手にしろパスマ相手にしろ、優秀な胴元で、裏切りを許さず、中抜きでも私腹を肥やしていたのだ」

在りし日のベアードは主力産業の材木が我がスタンに押され、輸入に力を入れていた。正規品に紛れて胴元としていくらでも闇商品を仕入れられる立場にあったとすれば、あのひところの羽振りの良さも頷ける。

「ふむ、頼りになる闇取引の元締めがいなくなったから、皆バラバラに節操なく動くようになり、隙ができて、このように表に出るようになり、捕まえられた、と」

「そういう面もある」

ジェームズに頷く。つまり、胴元としてベアードは優秀だったのだ。

「うーん、まあ結局、ベアードが消えて綻びが生まれ、こうして摘発できるのはいいことだよね」

「それにしてもパスマは節操なく売りつけておりますな」

この闇取引、規模から考えてパスマ王家は黙認しているとしか思えない。むしろ積極的に関わっている可能性すらある。真珠は王家が一元管理しているのだから。

外交の切り札にもなる特産品の管理が甘いわけがない。なのに闇に流れる。ならば故意だ。パスマはアージュベールの友好国。まさかそこから煮え湯を飲まされる目に遭うとは思わなかった。

「イリマ王女の件といい、義兄上の件といい、いささか調子に乗りすぎだな。パスマルート、本腰を入れて徹底的に潰しましょう」

先日のお義父上の職場にまで押しかけていた件には、こめかみの血管が切れそうになった。即座に研究所の入り口に護衛を配置し、関係者以外立ち入り禁止にし、面会の要請は私の目を通るように制度化した。

この件、パスマはロックウェル伯爵家が私の身内とわかったうえで、私の怒りなど恐れずにやってくれたのだ。

売られたケンカはもちろん買う。立ち上がれなくなるまで潰し、後悔させてやる。パスマにはメリークのように温情を与える理由などないのだから。

「ねえ、ちょっといい？」

珍しくヘンリーが話に割り込んだ。

「パスマが調子に乗ってるって話のついでだけどさ。うちのコックス領はパスマの隣だから、密偵を常時放ってるわけ」

「ヘンリー様、そのようなことを話してよろしいので？　騎士団長への許可は？」

「ジェームズ、こんなの常識だろ？　いいんだよ、おじさんとルーファス相手なんだから」

ヘンリーの信頼は嬉しいけれど……よそでもこの調子なのではないかと、そこはかとなく不安だ。

「パスマではね、もう水問題は解決済みってことになってるよ」

「ほう？　パスマの王宮に潜らせているのか？　コックスの密偵も優秀だ」

父が面白そうに目を輝かせた。王家への忠誠心の篤い〈武のコックス〉が優秀であることは、国にプラスでしかない。

「灌漑の方針が国の施策として決まっただけで、技術者の養成も材料の購入も、それらにかかる予算すらも決定していない段階だというのに？」

「そ。でさあ、水問題さえ解決すれば、パスマって案外弱点がないじゃん？　気候は温暖で作物は採れるし、石油は出るし、若者の人口は多いし……」

その話を聞いて、舌打ちしてしまったのはしょうがないだろう。

「隣国を欺く性質こそ弱点だとわからせたいね」

パスマはロックウェルの技術を取り込む目途がつき、唯一の弱点である水問題が解決したと思って気持ちが大きくなっているのか？

大げさに言えばメリークが力を落とした今、世界の覇権を握ろうと……大国にのし上がろうとしている？　その資金集めのための闇取引？　そろそろ本腰を入れるか。

「そういえば、ラジエールは闇取引で名前が出なかったね。あくまで今のところ、だけど。パスマよりも信頼できるし、隣国の一つってことで、やっぱりピアちゃんと行っちゃうの？」

「まだ、決めていない」

少し前まではピアを国外に出すなどありえないと思っていた。ピアは忌々しいことに他国で『資源発見器』などと呼ばれ、常に身の危険にさらされている。

正規の外交ルートでピアに視察を要請し、滞在中の安全は担保し、賓客として迎えると言ってきた国も多々あるが、ピアを陰で便利な道具としか見ていない国を手助けするなどありえない。

ピアは国の宝。そして私の最愛の女性。わずかな侮蔑も許さない。

しかし医療師不足問題が手詰まりなのは事実。悩ましい。

「でもルーファスはピアちゃんには激甘だから、ピアちゃんが行きたいと言ったら行くんだろ？　ルーファスがいつもどおり、完璧な準備で赴けばいいんじゃない？」

「ヘンリー、お前、よくもそう簡単に言ってくれるね」

「できるだろう？　ルーファスなら」

ヘンリーが挑発するように笑った。思わず眉間に皺が寄り、ムッとする。

「……ピアのためにできないことなどないよ。当然だ」

時間さえかければどんなに危険な旅路でも、のちにピアが楽しく安全な旅だったと思えるように、万全に整えてみせる。もちろんピアの意向次第だが。

「さっすがルーファス！」

そんな私たちの売り言葉に買い言葉を、百戦錬磨の大人二人はクスクスと笑いながら、ルスナンウイスキーを味わっていた。

第六章 エリンの結婚式

セミの声がミンミンとうるさいくらい響く中、深い緑の木立の街道を私たちの馬車は進む。

いよいよエリンの結婚式に参列するために、ヘンリー様の領地のコックス伯爵領に向かっているのだ。往復十日、滞在二日の行程で、私たちは念のために二週間の休みを職場に申請している。

ルーファス様はここ最近、通常業務に加えて私が問題提起した医療師不足問題や、先般のイーサン逮捕に連なる闇ルートの掘り起こしなどで、激務中の激務だった。

そしてコックス領への旅が控えていたために、この一週間ろくに寝ていない。というわけで今、私に寄りかかり、身じろぎもせず爆睡している。

「お疲れ様でした」

今回はいつもの使い慣れた二人乗りの馬車ではなく、ドアに黒鷲の紋章が掲げられたスタン侯爵家で一番格式の高い馬車に乗っている。四人ゆったり座れる広々としたスペースに、上品な内装。壁面など顔が映るほどに磨かれていて、お菓子クズを落とすこともためらわれる。

思わず、腰の引けた私にルーファス様が、

「これが一番頑丈なんだ。我慢して」

と、説明した。

これから向かうコックス領は距離的にはスタン領と同じ遠さだ。

しかし、スタン領への道のりは歴代スタン侯爵が安全な旅路になるようにお金をかけて整備している。道中安心して休める宿に、疲れの出る前のタイミングで辿り着く。

コックス領への道が危ないと言っているわけではない。あの騎士団長閣下が山賊なんかを放置しているはずはない。ただ我々は知らないのだ。ルーファス様すら王都のコックス伯爵邸には遊びに行ったことがあっても、領地に赴くのは初めてとのこと。

泊まる宿も初めてのところばかりで、予定どおり日が暮れる前にそこに到着するかどうかもわからない。道幅やデコボコがあるか？　厄介な動物がいるかも調査したが、実体験はない。

警戒するのは当然のこと、ということで、なかなか物々しい集団になっている。

そんな中、いつもなら足元に引っ付いて伏せているソードとスピアは、片方は床、片方は向かいの座面に寝転んだりして、のびのびしている。この数カ月で二匹とも一気に大きくなったのだ。立ち上がれば、私のすぐ胸元に顔がある。前は腰ほどだったのに。

二匹が大きくなったということは、パパであるダガー、そしてブラッドはますます歳を取ったということ。ダガーの病状は手紙では変わりないということだけれど、自分の目で見るまでは心配だ。

だからコックス領から王都に戻ったあと、例年どおり夏の休暇でスタン領を訪れることにしている。正直なところかなり日程は厳しいし、ルーファス様は長旅が続くことに体調面で懸念を示したけれど、できれば行きたい。スタン領はもはや私のふるさと。スタン領に行きさえすれば、ダガーたちと遊んできちんとのんびりできるのだから。

というわけで私は通常の夏季休暇に加え、二週間ほど追加で休みを貰う段取りをつけている。学長もアンジェラも「そもそも働きすぎだ」と快く許してくれた。

『私は休暇を延長しましたのでご心配なく。ルーファス様はお忙しいでしょう？　今回は私一人で帰省しても……』とうっかり言ったら、『あ？』と低い声で説教された。

そんなことを考えつつ犬たちと戯れていると、予定よりも随分と遅く、お昼の休憩地点の村に到着した。マイクが扉の向こうからノックすると、ルーファス様が身じろいだ。

「ルーファス様、休憩ですって。お水を飲みましょう？」

今は真夏。移動だけとはいっても脱水症状にならないとは限らない。

「……よく寝た」

ぼんやりとした様子で体を起こしたルーファス様に、こんなリラックスした姿を見せてくれるなんて、私たちも夫婦らしくなってきたかな？　と面映ゆくなっていると、流れるように顎に手を添えられ、緩いキスをされた。完全に覚醒していない感じが、ますますセクシーで……。

「ね、寝ぼけてるのですか？」

「いいだろう？　夫婦だし」

私はあまりに顔を真っ赤にして馬車を降りたらしく、駆け寄ってきたサラに熱中症を心配されてしまった。

安全第一を心がけた、いつもよりもペースの遅い旅は五日目にようやくコックス伯爵領に到着した。ここまでくれば敵はいない。

私がふうと息を吐いて緊張を解くと、ルーファス様が私を覗き込んだ。

「やはり想像以上に遠かったね。ねえピア、帰りはマクラウド領に寄り道して泊めてもらおうか？　教授のご機嫌伺いも兼ねて」

そういえば、グリー教授のマクラウド領は王都から見れば同じ南東部で、ルートを少し変更すれば寄れないこともない。

「少し回り道になりますね。道程が延びますが、それでもよければ寄りたいです」

グリー教授とは先日の学会でも挨拶しかできなかった。超一流の建築家である教授に屋敷を設計してほしい人は多く、どんなに教授が塩対応でも、皆めげずに取り囲んでいた。

私だって、教授にお願いしたいことがあるのに！　化石をできるだけ現状維持できる環境の展示室！

「決定だね。では手紙を出しておこう」

そんな会話をしていると止まっていた馬車が手続きを終え動きだした。領境を越えたのだ。再び滑らかに進むと思いきや、数メートル先で再び止まり、ドアをノックされる。

「どうした？」

「コックス伯爵令息がいらっしゃいました」

「ヘンリーが？　婚礼準備で忙しいだろうから一応断ったんだけど。ピア、母が作ってくれた薄物の羽織を着て」

私は黙ってバッグに畳んで入れてあった、風のように軽いレースでできたグリーンのサマーコート？　を取り出し肩に羽織る。隣ではルーファス様も薄手のコートをまとい、ベルトを締めている。

ルーファス様は私を見ると、にっこり笑って、前を開けていた私のコートを、上から順に全部ボタンを留めた。そして首に触れて〈妖精の涙〉を引き出す。カジュアルな着こなしではまずかったのだろうか？

「では行くよ」

先に降りたルーファス様のエスコートでステップを降りて――息が止まりそうになった。私たちの前、百メートルほど、両脇にえんじ色の軍服を着た兵士が整列していた。彼らはコックス伯爵領の私兵だろうか？　そしてその周りにも、この領境の街の住民が人垣になっている。

私が一気に緊張を募らせると、ルーファス様が右手で彼の左の肘を握りしめている私の拳をそっと二度叩いた。足元にはソードとスピアも寄り添っている。うん。皆と一緒だから何が起こっても大丈夫……。

やがて最前列から、一人の兵士が前に出た。ヘンリー様だ。私たちの前にゆっくり歩み、静かに頭を下げた。

「スタン侯爵令息、侯爵令息夫人、遠路はるばる私の婚儀のために足を運んでいただきありがとうございます」

そういうことか……。今回は友人として夏の休暇に遊びに来たわけではない。コックス伯爵家嫡男の結婚式という公の行事に私たちは参列しに来たのだ。

そして伯爵家と侯爵家の差は大きい。実際私はルーファス様との婚約話が出るまでは、一生侯爵家の方々と接することなどないと思っていた。

体裁は大事だ。それでトラブルが避けられるならば、慣例どおりの応対をしたほうがいい、ということだ。たとえ本当は互いのピンチに助け合うほど仲がいいとしても。

いや、仲がいいからこそ、こんな体裁を繕うことくらいなんてことないのかもしれない。

「コックス伯爵令息、このたびはホワイト侯爵令嬢とのご結婚おめでとうございます。幼馴染みとして、学友として、我がことのように嬉しく思います」

ルーファス様がアルカイックスマイルではっきりそう言うと、街の人々から歓声があがった。

「スタン侯爵家のご嫡男が、うちの若様と幼馴染みって言ったよ！」

「ヘンリー様、本当に立派になったなあ」

「ん？　あの女の人が次期侯爵夫人？　ちょっと地味ね。意外」

皆様、聞こえてますよ。まあ事実だから仕方ないと自分を見下ろし、ハタと気がつく。

私たちは馬車の中でかなりリラックスした服装だった。ルーファス様はシャツにパンツ。私は汗を吸収しべとつかない綿麻の素朴なワンピース。それが今、お義母様チョイスのこのグリーンの羽織物で完全に隠され、さらに軽やかに風になびく感じが優雅ですらある。

ルーファス様も同様だ。

こういうことも想定内だったのだ。全く考えもしなかった。これで本当にスタン家の花嫁修業を終えたと言えるのか？　と顔を引きつらせていると、

「ん？　どうしたの、ピアちゃん……って、ヤバッ」

ヘンリー様がやっちゃった！　といういつもの顔を見せたので、私の力みが少し取れた。

「いえ、大歓迎に感激しております。ヘンリー様とエリン様の良き日に招待していただけて、本当に嬉しいです」

「おお！　今の伯爵様たちに続きお子様方もファーストネームで呼び合う仲とは！　ひと安心だな」

「でもうちのエリン様のほうが美人だぞ！」

「地味でも仲良くしてくれるならいいじゃないか！」

この数分で、一生分地味と言われた気がする。

「な、なんかゴメン」

ヘンリー様が頬を引きつらせながら小声でそう言うので、

「いくらでも新郎新婦の引き立て役にしてください」

と小声で返した。

「では、屋敷にご案内します。ここから一時間ほどです。もうしばらくご辛抱ください」

「ああ、コックス伯爵領について、いろいろ教えてもらいたい。令息、同乗して案内してもらっても？」

「光栄です」

ルーファス様は再び私をエスコートし、一番に馬車に乗せ、それに二人も続いた。

ルーファス様の合図で馬車は走り出す。窓を開け、ルーファス様とヘンリー様が外に向けて手を振ると、兵士たちが敬礼し、人々は歓声をあげながら手を振り返した。

もちろん私は、前世の日本人気質が前面に出て、ペコペコと頭を下げた。

数分後、兵士の列から遠く離れると、三人一斉に息を吐いた。

「「「はあ〜……」」」

「お付き合いありがとう、ルーファス、ピアちゃん」

ルーファス様は早速コートを脱ぎ、脇に置いた。

「いや、結婚式だからな、簡略化するのはよくない。あとでケチがつくと面倒だ」

「ルーファス様、私たちが結婚した時も、お迎えに出られたのですか？」

「うん。私たちの時はフィルと王太子殿下とアメリア嬢は一緒に来てくれたから、一度で済んだ」

「ヘンリー様とエリンのお迎えは？」

「ピアちゃん、出迎えは自分よりも上の立場の者だけでいいんだ。キリがないだろう？スタン侯爵家が平時に気をつかうのは王家だけでいいんだよ」

わかりましたと頷きながら、自分の立ち位置次第で、相手との関わり方も違うのだと改めて思う。お義母様がエリンにハリス伯爵家を紹介したのも、きっと少しでも知識に齟齬がないようにということだ。

「ヘンリー様、先ほどはビシッとしてて素敵でした。エリンにも見せたかったなあ。エリンは今何をしているのですか？」

「今、神殿。俺もさっきまでは一緒にいたよ。またあとで合流する」

結婚前に、アシュリー神官長のお話を何度も聞いたことを思い出す。領地が違ってもそういうしきたりはさほど変わらないようだ。

「コックスの私兵、洗練されてるな。領境のあの様子なら、コックスには犯罪者は入り込めないいね。安心した」

「国境はもっと人員を割いてるよ。まあ、スタン領までは広くないからルーファスほどの苦労はないけど」

「そうか、コックス領の南部はパスマと接しているんですね」

コックス領は国境を持つ。ゆえに屈強な私兵を持つことを許されている。国防面ではスタン領と同じ立場だ。

「うん、あとラジエールも」

ラジエールは本で知った程度の知識しかない。メリークのように好戦的でもなく、パスマのように特産品を見かけることもない。

「そうなんですか？　ラジエールの様子、是非教えてください。全然聞いたことがありません。パスマのことは、少しは予備知識があるんですが……」

そう言って思い出したのはイリマ王女で、察しのいい男性二人も苦笑した。

「パスマはね、気候がいいからか陽気な国民性だよ。美味い物も多いし、ちょっと交易する分には楽しい国かな」

それは深掘りすると厄介な国と言っているのと同じ気がする。

「で、ラジエールのほうはね、国境を接しているけれど道がないんだ。だから正直俺も詳しくない」

「え？　つまり隣接してるのに関所がないということですか？」

「そう。けもの道がなくもないけれど、厳重な警備を敷いているから、抜けることはできない」

ヘンリー様はよほど自信があるのか、きっぱり言い切った。

「では、ラジエールにはどうやって行けばいいのですか？」

「ピア、パスマ経由しかないんだよ。ぐるっとね」

ルーファス様が下から丸く指を回してみせた。

「隣り合っているというのに、遠いですね。ほぼ没交渉ということですか？」

この世界では、遠いということは交流の機会が少なく、疎遠である最大の要因になる。

「いや、敵国ではないから日数はかかるけれど連絡は取れるよ。……現に書簡は最近も届いている。だがやはり遠いから、王太子殿下の立太子の儀は、案内は出したけれど欠席だったね」

馬車の窓から西の方向を見る。ラジエール王国、飛行機があればビューンと行けるのに。一体どんな国でどんな土地なのだろう。トリケラトプスの化石が埋まっていたりして？　外交のスペシャリストであるマクラーレンのおじい様ならば詳しいかもしれない。今度お見舞いに行ったついでに少し勉強させてもらおう。地形がわかれば、そこに埋まる化石も推測できるかもしれない。

いや、とりあえずは、目の前の地形だ！

私は、ヘンリー様とルーファス様が話し込んでいることに安心し、初めてのコックス領の土地を窓にへばりついてじっくりと観察しながら、残りの道中を過ごした。

コックス伯爵領本邸は、一言で言えば無骨だった。外壁の内側に数本木は生えているものの、母屋の前は草も花もなく、兵士があちこちで筋トレをしている。つまり訓練場にしか見えない。

「……さすがだな」

ルーファス様の口ぶりが呆れたように聞こえたので、つい肘で突く。ひょっとしたら女主人がいないからこんな殺風景な屋敷になっているのかもしれない。

「あ、ピアちゃん、多分考えていること違うよ？　ここは少なくとも三代前からずっと、ランニングや格闘のしすぎで草も生えない」

ヘンリー様に考えを読まれた！　野生の勘がすごい。自領だから？

歓待は先ほど十分に受けたので、そのまま私たちの過ごす客間に案内してもらった。二階の広く重厚な家具の置かれたその部屋は、コックス騎士団長の質実剛健な人柄を表すようだ。

ソファーの前の机の上には瑞々しいフルーツがたっぷり。早速エリンの心遣いに違いない。

「ひとまずゆっくり休憩して。夕食は広間だけれど、今日は客が多いからザワザワしてるかも。面倒くさいならここで食べてもいいよ」

「そうしてくれると助かる。挨拶は明日、まとめて受けるよ」

「だろうと思った。人気者は大変だー」

なるほど、結婚式に集まった人々が大挙して、次期スタン侯爵のルーファス様と懇意になろうと押し寄せる確定未来があるということだ。しかも他家のお祝いのさなかだから、無下にして空気を悪くするのもよくない。

ヘンリー様はこれ以降の流れを説明し、用があれば部屋外の使用人に声をかけてくれると言って、私に手を振り去っていった。神殿に戻るとのこと。

「お忙しいのに自ら相手をしてくれて、ありがたいです」

私が極度の人見知りだと知っているからだ。私は本当に優しい友人に囲まれている。

「深く考える必要はないよ。相手はヘンリーだよ？　ただ私たちを自分で迎えに来たかった。それだけだよ」

ヘンリー様の親友のルーファス様がそう言うのなら、きっとそうなのだろう。

私たちはサラに手伝ってもらいながら荷物を解き、ルスナンワインはじめ、大量のお土産をこちらの執事長に渡し、旅装を解き……と言いつつ、よそのお宅なのでそこそこきちんとしたデイドレスに着替え、ようやくソファーに落ち着いた。

「明日も暑そうだな」

「結婚式は楽しみだけれど、夏場の正装は辛いですね」

前回フォーマルなドレスを着たのは真冬の『キツネ狩り』だった。私にとってそれ以来の社交の場で、ちょっと緊張する。明日は頼りのお義母様はいない。

でも、ルーファス様が隣にいる。そして、なんとアメリアもフィリップ殿下もお忙しい身でありながら、明日の午前着という弾丸日程でやってくるのだ。とっても心強い。

フィリップ殿下とヘンリー様はルーファス様も加えた幼馴染みというだけでなく、キャロラインに騙され、〈虹色のクッキー〉を食べ、毒に侵された同士だ。それはきっと、外野の想像など及びもしない、辛く苦しく、後悔の募る毎日だっただろう。二人にしかわかり合えない特別な絆があるのではないだろうか。

だがしかし、私たち元悪役令嬢の絆だって負けていない！　ただ、シェリー先生は海外だし、アンジェラは今回、身分的に自分から参列を断った。王都に戻ってからお祝いさせてくださいと。だから私とアメリアで欠席の二人の分まで、全力でお祝いするのだ。

「それにしても、驚くほどの大歓迎でしたね」

「客観的に見れば、自分の領主一家の結婚式に侯爵家が参列するっていうのは、相当なインパクトなのだろう。明日は公の立場で王族が来るからな。のちの百年、この地方に語り継がれるんじゃない？」

殿下とアメリアはコックス領で伝説になるみたいだ。思わず笑いが零れる。

「殿下もアメリアも、そして私たちも、本当にただの友達だから集まるのに、人の噂って面白いですね」

私たちは純粋に、大好きな親友の晴れ姿に、手が痛くなるほど拍手したいだけなのだ。

すると、ルーファス様が私の肩を抱き、私の頭に頬を乗せた。

「本当にね……あの頃はこうしてみんな体調が回復して、笑い合える仲に戻れるなんて、想像できなかった」

「みんなが、頑張りましたよね」

「そうだね。私もピアも、みんな各々頑張って、晴れやかな気持ちでヘンリーたちを祝える」

私たちが微笑み合っていると、部屋の外が何やら騒がしくなった。新しい招待客がやってきたのだろうと思い、サラの淹れてくれたお茶に手を伸ばす。

だが、いっこうに騒ぎは収まらない。ひときわ大きな声が響いた。この声は女性？　私は立ち上がり、ドアに向かう。

「ピア？」

「気になります。……エリンの声に聞こえました。何かあったのかも」

エリンが叫び声をあげたとしたら、ほっとけない。

「そうだった？　ならば私も行くけど、ここは他家だ。よっぽどのことがなければ口を挟むべきではない。いいね」

「わかってます。困った時はヘンリー様を呼びましょう」

私たちが静かにドアを開けると、廊下では女性の大声が響いていた。ドア外の私たち担当の使用人もオロオロしていた。そっと吹き抜けのスペースに歩き、柱の陰から一階のエントランスを見下ろす。

そこには、エリンの母とヘンリー様の父、コックス伯爵が対峙していた。そうだ、ヘンリー様とエリンは今、神殿だった。

「だから、なぜ母親であるわたくしが参列できないのかと聞いているのよ！」

ああ、改めてエリンと声が似ている。母娘だから当たり前か。

「なぜとおっしゃられましても、ホワイト侯爵からいただいたリストに、あなた様の名はありませんでしたので」

格上の貴族相手ということで、コックス伯爵はあくまでにこやかだ。でも淡々と事実を伝えるにとどめる。

「いいから、きちんと招待してくださいませ」

「私ごときがホワイト侯爵に意見できるわけがないでしょう？」

ホワイト侯爵を立てたうえで、エリンの母を踏み込ませない。そんな微動だにしない相手に夫人は余裕のない表情で、扇子を開いたり閉じたりとせわしない。先日の、怒りながらも高位貴族ならではの威圧感マシマシだった様子とは随分違う。

そういえば、なんだか全体的にやつれて一気に老けて見える。エントランスに射し込む夕日のせい？　いや、ひょっとしたら恋人だったイーサンが逮捕され、行き場のない怒りで優雅さを保っていられないのかもしれない。ホワイツでは侯爵夫人のプライドにかけて、決して声を荒らげなかった。

「騎士団長閣下、びくともしない……大岩みたいですね」

「うん。安心して見ていられるな」

耳に口を寄せてひそひそと話していると、一階の奥から、カツカツと規則正しい足音が聞こえ、ホワイト侯爵――エリンの父が後ろに男性を従えて現れた。挙式は明日、そりゃあもうコックス領に入っているに決まってる。

「……久しぶりだな」

「あなたっ！」

夫人は味方が来たとばかりに侯爵に駆け寄った。しかし、侯爵は視線で夫人が近づくことを許さなかった。夫人はビクッと体を震わせて、数歩で止まった。

「コックス家の皆様にご迷惑だ。さっさと出ていきなさい」

「どうして？　エリンが結婚するならば、当然母親であるわたくしは必要でしょう？」

「エリンはヘンリー君と既に王都で婚姻届を提出し、恐れ多くも陛下がサインしお言葉をくださって受理された」

なんと、もう書面上二人は夫婦だった。陛下がサインしたのなら、ひっくり返ることはない――と、一度陛下に言いがかり的な婚姻届不受理をくらったことを思い出し、苦笑する。

「おかげさまで我々の子は二人とも一人前になり無事に羽ばたいた。もう親は必要ないよ。そもそも娘を殴る母親など必要だったのだろうか？」

淡々とした侯爵の声が、しんとしたエントランスに響く。ホワイツでの一件はしっかり侯爵の耳に届いている。

「あっ、あの子が、侯爵家の名を汚すようなふるまいをするからっ」

「それ、あなたが言うんだ」

侯爵の後ろの大柄な男性がそう言ってクスクス笑った。それを侯爵は窘めもせず、話を続ける。

「私がエリンにハリス伯爵家へ行儀見習いに行くように命じた。あのままこの歴史あるコックス伯爵家に嫁がせるには心もとなかったゆえ。君は私の命令に納得いかないのか？　娘が不安に思っていることを解消するのが親の務めだろう」

「ですがっ！」

「それに、あの子はただの一度も、うちの名を汚すふるまいなどしたことはない。エリンは誇り高きホワイト家の人間。努力を惜しまぬ自慢の娘だよ」

ああ……エリンに聞かせてあげたい。エリンの話では厳格であまりお心内を話すことのないらしい侯爵様が、エリンを自慢の娘だと言っている。

「ともかく潮時だ。君と離婚してよいだろう。素晴らしい子どもを二人も授けてくれたし、きっと私にも至らぬ点はあったのだろう……君は婚約時代から私のことを真面目で面白みがないと不満を隠さなかったしね。だから、これからも支援は約束する。それが聞ければ十分だろう？　面白い男のもとに帰るがいい」

面白い男であるイーサンは収監されている。夫人には他に帰る場所はあるのだろうか？

「ホワイト侯爵夫人は社交界の要よ！　いなければバカにされ、ホワイト家の評判は失墜するわ」

　そう言い募る様子を見るに、やはり帰る場所はないようだ……と思っていると、先ほどから侯爵の後ろに立っていた男性が、不意に前に出た。

「ご安心ください。私のジーナが完璧に務めてくれますよ。そもそもろくに社交も、母親らしいこともしたことないでしょうに。ああ、私もエリンも父上に似て生真面目だったから気に食わなかったのかな？　私は父上に似て満足だけど」

　つまり……エリンのお兄様だ！　いつも『兄は結婚して幸せ太りなのよ』と聞いていたけれど、確かにちょっとぽっちゃり？　その体型とにっこり笑った口元はいかにも癒し系だけれど……エリンとお揃いの藍色の瞳は凍えるように冷え切っている。

お兄様――ホワイト次期侯爵もまた、今日、母親である夫人を許す気などないのだ。

「そんな……わたくしは……一人になるの……？」

　両腕をだらりと脇に下ろし、呆然とした夫人を見つめていると、ルーファス様に袖を軽く引っ張られた。私たちは静かに部屋に戻った。

「とんでもない場面に出くわしてしまいました」

ソファーの元の位置に落ち着いたところで、ようやく溜め込んでいた息を吐いた。

「私はまあ、想定内だったかな。イーサンが逮捕されたら、夫人は結局侯爵家に戻るしかないし、結婚式に参列できないなんてあの夫人のプライドが許すわけがない。押しかけるだろうなって思っていた。だからこそエリンは早めにコックス領で守ったほうがいいと、ヘンリーに勧めたんだ。ここは遠いし、やってきたとしても王都のホワイト邸で暴れられるより安全だから」

ルーファス様は中年女性の行動まで先を読んで、手を回していたらしい。本当に二十歳なのだろうか？

「それに、ここまでこじれたら、家族じゃない、権威のある人間が入ったほうが冷静に相手ができる。騎士団長が最適だ。でも、ホワイト侯爵も次期侯爵も、淡々と対処していたね。余計なお世話だったかな？　どちらにしろ離婚は結婚式前に片付いてよかったと思う」

サラが高級カロナメロンを剝いて差し出してくれた。甘いものを食べて落ち着けということだろう。

「それにしても、もう届を出していたんですね。ヘンリー様、思ったよりも手堅い準備」

「ああ、それも私が勧めたよ。思うタイミングで結婚できなかった私たちの事例をもう一度話して聞かせたら、すぐに陛下にアポを取って、エリンとホワイト侯爵と団長を連れていって、陛下にサインさせたそうだ。陛下は『すっかり信用を失ってしまった……』って顔を引きつらせていたらしいよ」

ジョニーおじさん、ルーファス様に根に持たれるようなことをするから……。

でも〈マジックパウダー〉事件に遭いながらも運命に打ち勝った二人に、陛下もきっとホッとして、心からの祝福を込めてサインしたのではないかと思う。

「結果、今日の夫人の襲撃をカウンターする格好になってよかったです。でも夫人、明日、揉め事を起こしたりしないでしょうか？」

エリンの一生に一度の晴れの日に、泥を塗るようなマネをするならば、私だって許せない。

「ここは〈武のコックス〉の総本山だよ。関係者じゃなくなった夫人は近寄ることもできない」

それを聞いてホッと息を吐きつつ、このエリンの不在中の出来事が彼女に与える影響を思う。

「今の話を聞いて、エリンがショックを受けないといいけれど」

「エリンも離婚するという流れは既に聞いているだろう。それにこれからはヘンリーがついている。大丈夫だって」

「ふふふっ」

そう話すルーファス様の瞳は穏やかで、かつ揺るぎなくて……。

「どうしたの？」

「いえ、なんだかんだ言って、ルーファス様はヘンリー様のことを信頼して高く買ってて……大好きなんだなーって」

そう言うと、ルーファス様は目をまんまるにして顔を真っ赤にし、ぷいっと窓のほうを向いてしまった。

サラがお茶を淹れなおすというのを止めて、いい感じに冷めたものを飲んでいると、ノックが響いた。

先ほどの件に一言説明でもあるのかな？　などと思っていると、応対に出たサラがトレイを持って戻ってきた。その上には名刺が一枚あるのみ。

「使いの方がいらして、お二人にお会いしたい、とのことです。いかがされますか？」

名刺を取り上げたルーファス様は、ぴくっと右の眉を上げ、私に渡した。それはとてもシンプルなものだった。

〈バイオリニスト　マーガレット・ホワイト〉

エリンの叔母様だ。

「行く？」

「もちろんです」

エリンが一番辛い時期、領地で寄り添ってくれた叔母様。ホワイト侯爵領に本拠地を置きながら、イーサンがついぞ辿り着けなかった王立劇場に何度も立ち、その都度満席にし、聞く者全ての胸を熱くするという、我が国トップレベルの音楽家だ。

そして「私はバイオリンと結婚したのよ」と、独身。つまり、生粋の侯爵令嬢だ。だというのに名刺からもわかるとおり肩書を利用せず、その腕一本で生きているのも潔くて憧れる。

このコックス邸にいるのなら、是非会いたい。

私が立ち上がると、すかさずサラが髪を整えてくれた。こういう機会があるから、きちんとした服を着ていてよかった。

ルーファス様と共に、呼びに来たホワイト家の使用人に案内されてついていくと、ずんずんと屋敷の奥に――家族のエリアに入っていく。

「どうぞ」と通された部屋は上品で温かく、家族の……小さいヘンリー様と若い両親の肖像画に囲まれていた。窓辺にベッドがあり、そこから前庭――訓練場が見える。

ここは……おそらく領主夫人の部屋だ。伯爵とヘンリー様の大事な思い出の部屋。コックス伯爵家の叔母様への厚遇ぶりがよくわかる。

でも、部屋が足りなかったのかもしれないけれど、さすがにこの部屋を使わせていいの？　と思っていると、奥から濃い紫の細身のドレスがよく似合う、背筋のすっと伸びた美女が現れた。

ああ、この佇まいに意思の強い藍色の目。さっきのお母様よりも、断然エリンに似てる！

「このお部屋、エリンと一緒に使わせていただいているのよ。あの子が独身最後の夜は私と過ごしたいと言いだして。可愛いこと」

この部屋は明日にもエリンの部屋になるのだ。ならば全く問題ない。

「はじめまして、ルーファス様、ピア様。エリンの叔母です。お噂はかねがね。陰に日向にエリンを支えてくれてありがとう。お二人に折り入ってお願いがあり、お呼びしたの。どうぞ座ってちょうだい」

それは聴衆を魅了し従わせる訓練された声で、私たちは、叔母様のペースに若干呑まれつつ一礼し、促されるまま座った。

翌日は真っ青な空にくっきりとした白い雲が浮かぶ晴天で、そのカラッとした感じがヘンリー様そのものだった。

午前中、私も参列の準備をしていると、表が少し騒がしい。サラと一緒に窓から下を眺めると、大迫力の四頭立ての馬車が、前後を馬に騎乗した騎士たちに守られつつ猛スピードで門から入ってきた。馬車には獅子の紋章がある。

フィリップ殿下とアメリアの到着だ。

「よかった。間に合った」

王都からの超高速馬車の旅、おそらく二人ともぐったりしているはずなので、あえて出迎えには行かないことにした。開始時間まで少しだけでも休憩してほしい。

エドワード王太子殿下の参列は陛下が許可しなかった。今後、エドワード殿下とフィリップ殿下が共に行動することはリスクヘッジの観点で控えるらしい。大変残念な様子だったと聞く。

王都に戻って、改めてエドワード殿下やアンジェラも招いて有志でお祝いのパーティーを開いたらどうだろう？ ルーファス様に相談してみよう。

今日の私のドレスはお義母様が準備してくれた。

『言うまでもなく、花嫁より目立ってはいけないわ。でも侯爵家が最高の装いで参列する価値がある結婚式だ、と知らしめることも、招待する側への礼儀であり祝いになるのよ』

ライムグリーンにカーネーションとレモンの刺繍が同色糸で目立たぬように施された上品な、そして最高級のドレスに袖を通す。とても素敵だ。

カーネーションはスタン侯爵邸を毎年彩る花で、ヘンリー様のお母様も好きだったと聞く。レモンはもちろんホワイツで活躍するエリンへの賛辞。お義母様のリサーチ力や気配りに、私は到達する日が来るのだろうか？　いや、こない。

「あ、サラ、ウエストはきつく締めないでね」

「わかりました。今日は一仕事ありますものね」

サラはにっこり笑いながら、お義母様にお借りしたエメラルドの髪飾りを中心にいつもより一段と丁寧に髪をアップにしてくれた。

「エリン様の結婚式ですもの。私だって張り切りますよ！」

私と常に一緒にいるサラも、当然エリンのことが大好きだ。

「ピア、準備はどう？　昨夜マーガレット様との打ち合わせで遅くなっちゃったけど、きちんと目は覚めてる？」

ルーファス様は私よりもうんと早起きして、夏季休暇延長のためにここまで持ち込んだ仕事を、ヘンリー様の書斎を借りて片付けていたそうだ。超人である。

そんなルーファス様の本日の装いは、軍服だ。〈武のコックス〉はそういう土地で、参列者はそれを尊重する。さらに、軍服の胸にあるのはいつもの略綬でなく、本物の勲章がいくつも下げられている。

「かっこいい……」

黒の軍服に金や銀の勲章が、受勲によって違う色のリボンで留められて、ちょっと語彙力を喪失する華やかさだ。私なんかが隣に立っていいのだろうか？

「ありがとう。ピアは手だけでなく軍服にも弱いよね。フィルはもっとすごいよ。大将だから」

男性の王族が複数いる場合は、王にならない者が軍を束ねるならわしだ。強制ではないけれど。

「うわあ、すっごく楽しみですけれど、それってヘンリー様が霞みませんか？」

「ヘンリーはエリンにだけ認めてもらえれば、それでいいんだよ」

「なら、大丈夫ですね」

だって、エリンは三歳の時からずっと、ヘンリー様一筋なのだから。

コックス神殿での挙式は屋外だった。前世風に言えばガーデンウエディングだ。

続々と参列者が到着し、私たちが馬車を降りると、若い兵士が敬礼して席に案内してくれる。私たちの席は家族、親族、領の腹心の皆様の後ろの友人席だ。

この席次について事前に尋ねられた時、当然、私とルーファス様は揉めた。

『私は絶対に新婦の友人席に座ります！』

『何言ってるの。夫婦で参列なんだから隣に座ったほうがいいだろう。エリンもそんなことは気にしない』

『エリンが気にしなくても、私が気にします』

『珍(めずら)しく主張するね』

『正直、私は参列さえしてくれればどちらでもいいけど？　ねえヘンリー』

『うん。ルーファスもピアちゃんもさっさと決めて？』

「じゃあ、ルーファス様、またあとで！」

「はいはい」

結局私が、我を通した。スタン侯爵令息夫妻が左右に分かれて席に着き、若干(じゃっかん)他の参列者がざわめく。ほぼ全員の席が埋まったところで、軍服を着た兵士――ルーファス様含(ふく)む――が立ち上がり、入り口に向けて一斉に敬礼した。

フィリップ殿下――大将軍閣下とアメリアの入場だ。

殿下は軽く右腕(みぎうで)を上げて、敬礼を返し、マントをひるがえしながら颯爽(さっそう)と歩く。その姿は力強く、もうあのやつれた日々の面影(おもかげ)は完全になくなっていた。

続くアメリアはワインレッドのドレスに、なんとルビーのついた王子妃のティアラを身につけていた。当然陛下の指図でしかない。

二人の本気の正装に、この結婚式への力の入れようが、さらにはアージュベール王家もこの結婚を歓迎しているというメッセージが、ビシビシと伝わる。

やがて二人までも左右に別れた。殿下は右に、アメリアは左に。それぞれルーファス様と私の隣に腰を下ろす。

つまり、アメリアもまたエリンの友人枠で隣に座ってくれるから、ルーファス様は私が新婦側に座ることにOKを出したのだ。私を一人にするのは危ないと。もういい大人なのに。そして殿下も主賓でありながら友人枠を選んだ。

「アメリア、お疲れ様」

私がアメリアの耳元で囁くと、アメリアはいつもの扇子を開いて私たちの口元を隠した。

「ピア、ほとほと疲れたわ。車中、正直吐きそうだった。フィルも同乗していた付き人も侍女も、ずっとうめいてて阿鼻叫喚の旅で……」

「うわあ……」

「いいのよ。わかっていてこのハードスケジュールを組んだのだもの。それに到着早々ルーファス様がクリス先生特製の吐き気止めをくれて、もう随分と落ち着いたわ」

ルーファス様、気が利きすぎてお母さんみたいだ。

「よかった。エリンの門出をアメリアと一緒に祝えて嬉しい」

「……私もよ。結婚式に義務ではなくて心から参列したいと思える友人と巡り会えて、私は幸せだわ」

「アメリアと王太子殿下の時には……私たち友人一同で、賑やかなパーティーを開くからね」

一国の王太子の婚礼は出席者が厳選される。スタン侯爵家からは当然侯爵夫妻だ。小娘である私は参列できない。

「まあ！　ありがとう。パティスリー・フジのお菓子をリクエストしてもいい？」

もちろんそんな事情、アメリアもわかっている。

「ウエディングケーキ、承りました！」

最後にコックス伯爵とヘンリー様が入場する。お二人ともコックス兵の軍服ではなく、騎士団の礼服だ。

騎士団の制服は赤で、普段でも華やかなのに、勲章だけでなく、金の飾緒もあり、極めつけは深紅のマント。いつも自由に遊ばせている髪もビシッと固めている。

「ヘンリー様、とっても素敵……」

「本当。私だって彼とは三歳の頃から一緒にいたのに、今、気がついたわ。私の目はどうやら節穴ね」

アメリアは愉快そうにそう言った。この小さなお茶会メンバー、人格も容姿も整いすぎている。

そして、アメリアが気づかなかったヘンリー様の素晴らしさを、エリンは遠い昔から気づいていたのだ。

祭壇に立つ神官長の前にヘンリー様が到着すると、伯爵は参列者に一礼して最前列の椅子に着き、兵士たちも一旦なおる。

ラッパの音が鳴り響いた。挙式の始まりだ。

両脇に居並ぶコックス兵が一斉に捧げ刀をすると、その向こうに純白のベールで顔を隠し、総レースのウエディングドレス姿のエリンがホワイト侯爵と共に現れた。

エリンは父の肘に手を添えて、兵の間を静かに、確かな足取りで進む。私たちの横を通った時、あまりの静謐な美しさに胸が詰まった。やがてヘンリー様のもとに辿り着いた。

ヘンリー様の差し出した手を取り、厳かに夫婦になる儀式が執り行われる。二人は一生涯の忠誠と愛を誓って、シンプルな指輪を交換した。

そしてヘンリー様は震える手でエリンのベールを頭に上げて、繊細すぎる宝物を扱うようにそっとエリンの唇に触れた。とってもヘンリー様らしくないキスで、なんだか泣けた。

「辛いことも多かったけれど、ようやく辿り着いたのね」

アメリアの囁きに、エリン達から目を離さぬまま何度も頷いた。

神官長が二人を私たちのほうに向け、神の祝福のもと夫婦になったと宣言すると、空気

を揺るがす轟音が神殿の奥の山手からドカンドカンと立て続けに鳴り響いた。祝砲だ。

それを合図に参列者が惜しみない拍手を送ると、エリンは微笑みながら、ポロリと涙を零した。

「ピア……」

「アメリア……」

私たちのハンカチは既に涙でぐしょぐしょで、お互いの肩で泣き合った。

披露宴会場は神殿のホールだった。私とアメリアが腕を組んで到着すると、

「二人とも、どうしてそんなに泣いてるんだ？　目の周りが真っ赤だよ」

「お、お化粧をなおしてまいりますっ」

フィリップ殿下の言葉にアメリアは頬も真っ赤にして、侍女を引き連れ去っていった。

私はアメリアの代理で言葉を返す。

「殿下……だって、心から感動したんですもの」

「いや、責めてるわけじゃないって」

「ピア、おいで。そんな可愛らしい顔を人前に出しちゃだめだ」

ぐいっとルーファス様に手を引かれ、胸に顔を押しつけられるが、慌てて手を彼の胸に置き、距離を取る。

「ルーファス様、今日はいっぱい服に飾りがついてるから、顔が痛いです」

「あ、ごめん。すぐにむしり取るから」

「国の勲章をむしり取るのはやめてくれ、お願いします」

ルーファス様と殿下も安定の仲良しだ。

クールダウンしたアメリアが私たちのもとに戻るのとほぼ同時に、主役の二人が登場した。ヘンリー様はスーツ、エリンは藍色の足さばきの良いドレスにお色なおししている。

挨拶しながら号泣する伯爵（参列者は皆コックス伯爵家の応援団だから問題ない）に、参列者全員でもらい泣きし、それに若干引きながら短い言葉を返すホワイト侯爵。そしてフィリップ殿下の発声で乾杯をして、ほぼ無礼講のパーティーはスタートした。

「今回の行程で最大の仕事が終わったぞ」

フィリップ殿下がそう言って肩を回すと、ルーファス様が「そこまで疲れてないだろ？」と言いながら、氷入りのワインを渡した。ルーファス様、スタン領の氷も持ち込んでいたらしい。

これでコックス伯爵令息夫妻がフィリップ殿下とお友達であることが公式に残る。しょうもないちょっかいを仕掛ける貴族は格段に減るだろう。

殿下もルーファス様もアメリアも友人のためならば、惜しみなく自分の持つ最強のカードを切る。そんな輪の中に入れてもらえることは光栄だけれど、自分の無力さがもどかしい。化石もアンモナイト刺繍ハンカチもいらないと、新郎新婦それぞれから釘を刺された。

などと思っていたら、主役二人とそのお父様方が揃って私たちのもとにやってきた。

爵位的に間違いなくココが一番だから、納得する。

「フィリップ第一王子殿下、キース侯爵令嬢、この遠い土地まで息子たちの結婚に駆けつけてくれて、感謝いたします」

「うん、いい式だったね。これからも国のために励んでほしい」

「おめでとうございます。コックス伯爵家、ホワイト侯爵家のますますの繁栄を祈っていると、王太子殿下よりお言葉を預かっております。それと、キースの我が父からも少しばかりですが祝いを預かっておりますのでご笑納くださいませ」

四人は深々と頭を下げ、私たちのほうに向きなおった。

「スタン侯爵令息夫妻、今日はご足労ありがとうございます。これからも若い夫婦を助けていただけるとありがたい」

「おめでとうございます。両家の末永い幸せをお祈りしています」

「こちらこそよろしくお願いいたします。ずっとずっと仲良くしてくださいませ」

かしこまった挨拶を交わすと四人は頭を下げ、移動する。主役は忙しいのだ。一瞬目が合ったエリンははにかむように口角を上げ、私たちに小さく手を振ってくれた。私とアメリアも低い位置でそっと返した。

その後、殿下とルーファス様には一言挨拶したい人が列をなした。うちの行事ではないからルーファス様も拒絶せず、大人の対応をしている。

それを見ながら女性陣は、美味しい料理を少しずつ取って、楽しくいただいている。王家とスタンの護衛があからさまではないが威圧を放っていて、よっぽどの猛者か鈍感な人でないと私たちには近づけない。

「王宮でも見られないくらいの高級食材ばかりよ。クマ肉なんて初めて見るわ」

フルーツをはじめとする高級食材は、きっとホワイト侯爵家が威信にかけて持ち込んだのだろう。でも、クマ肉はコックス領の皆様が狩ったんじゃないかな……。

「アメリアも、もう結婚式の準備を始めているんじゃない？」

エドワード王太子殿下は来春アカデミー卒業予定だ。そのあと、良き日を選び結婚するだろうと巷で囁かれている。

「まだ、正式には何も決まっていないから。……でも先日仕立て屋がやってきて、ドレスの生地やデザインを決めたわ。私は今更焦らなくてもいいと思っているのだけれど、殿下は私が年上なことを気にして、早く予定を決めたいと陛下におっしゃってるの」

アメリアも先日二十歳になった。でも、貴族の適齢期として早くもないけれど、遅くもない。

「歳っていうのはアメリアの主観でしょう？　エドワード殿下はただ、早く結婚したいだけじゃないかな？　殿下もアメリアも尋常じゃない忙しさでしょう？　結婚したら、夜だけはきちんと毎日一緒にいられるもの」

「だ、だといいけれど」

アメリアはそう言うと、頬をちょっと赤くして、ブドウを一粒上品に口に運んだ。

そんな中、伯爵のお人柄でどこを向いても笑い声が聞こえる和やかな空間に、突如、鮮烈なバイオリンの音色が響いた。

マーガレット様がキラキラと光の加減で輝くブルーのステージ衣装を着て、正面の壇上でバイオリンを構えていた。

「叔母様！」

かなり後方を挨拶回りしているエリンの弾んだ声が聞こえる。マーガレット様を知る音楽好きの参列者が、目を輝かせ前方に歩いていく。

「アメリア、私、行ってくる。失敗しないように祈ってて！」

「え、ピア!?」

アメリアの戸惑った声を背に受けながら、私はドレスを少々たくし上げ、早足でマーガレット様のもとへ急いだ。

「エリン、そしてヘンリー様、コックス伯爵家の皆様、本日はおめでとうございます。ささやかですがホワイト家からのお礼も兼ねまして、私たちから一曲プレゼントさせてもらいます」

盛大な拍手が起こる。ヘンリー様にエスコートされたエリンも一番前までやってきた。

「いくよ、ピア」

同じくマーガレット様のもとに駆けつけたルーファス様が、私の肩を抱いて微笑んだ。

悔しい。ルーファス様は余裕だ。ルスナンの山神様、緊張しないように、無事役目を果たせるように私に力を貸してください！　私は覚悟を決めて大きく頷いた。

二人でマーガレット様と同じ、一段高い場所に上ると、会場がどよめいた。

「ピア？　一体？」

エリンも何が起こっているかわからず、戸惑っている。

ルーファス様はすたすたと奥まで歩き、神殿の古めかしいパイプオルガンの蓋を開け、椅子の高さを調整した。そして私も前へと進み、マーガレット様の隣に立つ。

マーガレット様がバイオリンを構えると、皆、息をするのも控えた。

マーガレット様とルーファス様がアイコンタクトを交わし、演奏が始まった。誰もが知るこの国の民族音楽を、バイオリンを主旋律に編曲したものだ。それにパイプオルガンの幻想的な音色が効果的に支える。

その場の皆の心が一気に惹き込まれ、曲が終わる頃には全員の心が一つになっていた。

続いて、休憩もなしにルーファス様の伴奏が始まった。私は覚悟を決めて一歩前に出て、私を呆然と見つめるエリンを見てちょっぴり笑いかけて、両手を胸の前で組んだ。女は度胸だ！　大きく息を吸い、胸を開いた。

「ああー友よーあなたの瞳は私の心を照らしー幸せを教えてくれたー」

私が一小節外さずに歌うと、マーガレット様がニコリと笑って頷き、弦をダイナミックに引いて、演奏に加わった。私は続けて歌った。心を込めて。

昨日のマーガレット様の呼び出しは、一緒に演奏しないか、というお誘いだった。彼女は愛する姪のために、新曲を作ってきていた。

『ピア様、私、エリンからあなたのことを聞いて、あなたたちの可愛らしいアカデミー生活を思って歌詞を書き下ろしたの。チェックしてくれる？』

その歌詞は普遍的な少女たちの友情を記したものでありながら、どこか、私とエリンのこれまでの出来事が想像できた。エリンが叔母様に心を開いて、いろんなことを相談していたことがわかる。

学生時代を懐かしく思い出しながら、「私はこう思う」と歌詞を数カ所、恐る恐る意見すると、マーガレット様はなんの抵抗もなく訂正し、お互い満足いく出来になったところでこう言ったのだ。

『うん、これは私ではなく、あなたが歌ったほうがいいみたい』

大勢の前で歌うなんて滅相もないと、必死に固辞すると、

『ピア様が歌うと、エリンにとってただの歌ではなくなるのよ。お祝いしてあげて？』

エリンを祝福したいという気持ちは誰にも負けない。でも、それは黙っていては伝わらない。ここまで言われた私は腹をくくった。他ならぬ、最愛のエリンのために。

マーガレット様の歌詞に私の思いの丈を全て詰め込み、声を出す。

エリンと出会ってから、どんなに毎日がキラキラと輝くようになったことか。予言に怯えて俯いて生活する私を、エリンの明るさが引っ張り上げてくれた。二人でお菓子を作った時、厨房を半壊してしまってカイルを呆然とさせたこともあったっけ。

〈マジキャロ〉事件で身を寄せ合って過ごした辛い日々もあった。ホワイツを開店したものの上手く軌道に乗らず苦しんでいたことも知っている。

でもエリンは決して泣きごとを言わず前進した。私はそんなあなたを尊敬している。

どんな時も変わらぬ友情を私に示してくれて、諦めていた女の子らしい楽しみを私に教えてくれたエリン。エリンがいたから私は世界一幸せだ。出会った日から今日までの感謝を込めて、一言一言丁寧に歌った。

「たとえー遠く離れたとしてもー友の幸せを一生涯願っているー」

途中、涙が込み上げてきたけれど、なんとか歌い切り、マーガレット様とルーファス

様の美しく余韻の残る後奏で曲は締めくくられた。

下手な歌だとわかってる。面白い余興だったと皆様笑ってくれていい。ただ、私の気持ちがエリンとヘンリー様にほんの少しでも届けば……と思いながら、ドレスを摘まみ、一礼した。

「ピア――!!」

私はよくわからないうちに、壇上に駆け上がりこれ以上ないくらい号泣したエリンの腕の中にいた。

「ありがとうピア……ありがとう……」

エリンの涙を見れば、私だって必死に堪えていたものが決壊する。

「エリン、上手に歌えなくてごめんね」

「何言ってるの！　最高だったわ。私への愛が……溢れてた。ルーファス様に申し訳ないくらいよ」

エリンはそう言って、ふざけて舌を出した。

「ふふっ、ヘンリー様と幸せになってね」

「……うん！　ピアたちに負けない、いい夫婦になるからっ」

抱き合って笑いながらグスグス泣いていると、この場の雰囲気を変えたのも、やはりバイオリンの音だった。

「プレゼント、喜んでもらえたようでよかったわ。さあ、感動タイムは終了よ。ルーファス様、何かテンポのいい曲をお願い。続いてダンスタイムよ！」

マーガレット様の命令に右手を上げて応えたルーファス様は、パイプオルガンではありえない、ポップでカジュアルな調べを指先から生み出した。これは……『君と大冒険』だ。それも以前聞いた時よりも、うんと速い！

「どうやらこれはルーファスからの挑戦だ。このスピードに乗って踊れるか？　って」

ヘンリー様も壇上に上がり、笑いながら肩をすくめた。もちろんファーストダンスは新郎新婦の仕事だ。私は抱擁を解いて、エリンをポンとヘンリー様に向けて押した。

「エリン、いける？」

「ヘンリー……もちろんよ。ルーファス様に受けてたつわ。ピア、行ってくる」

そう言ってエリンはハンカチ――そのハンカチにはまだ私の下手な頃のアンモナイトの刺繍が――で涙をぬぐい、ヘンリー様と手を取り合って勇ましくホールの真ん中に歩んだ。

ヘンリー様が足でタンタンタンとリズムを刻むと、二人はタイミングを合わせて足を踏み出し、縦横無尽にステップを踏みながら踊り始めた。そのキレッキレの動きは前世の競技ダンスのようで、わあっ！　と一斉に歓声があがる。

パイプオルガンはアップテンポになると、案外コミカルになって、ルーファス様も楽しそうに三段からなる鍵盤を叩いている。

「さあ、皆様もご一緒に」

マーガレット様がそう言って、バイオリンを合わせる。あちこちから手を繋いだ男女がエリン達を囲み、楽しそうに踊りだした。

トン、と肩を叩かれ振り向くと、アメリアが凛々しい顔をして手を差し出していた。

「お嬢さん、お手をどうぞ」

この場でゆくゆく王太子妃になるアメリアと踊って差し支えないのは――男性は誰であれ問題だし――よく考えると私だけでは？

「喜んで！」

私たちが踊りの輪に入ると、再び歓声があがった。なんとアメリアは器用にも男性パートを踊ってくれて、当然女性パートも知り尽くしているだけあって、とても足が運びやすい。くるくると二回転させられる。

「アメリアー！　楽しい～！」

「私もよ！」

踊りながら周囲を見回せば、フィリップ殿下はヘンリー様のおばあ様とゆったり踊っていた。コックス伯爵は肖像画を抱きしめながら号泣中で、ホワイト侯爵は息子とグラスを傾けつつ、穏やかな顔で嫁いだ娘を見つめていた。

そうしてエリン達の披露宴は、愉快なＢＧＭに乗せて、誰もが笑みを浮かべたまま幕を下ろした。

その後、新聞を操り「流れを作る」のに長けた誰かさんのおかげで、溌剌とした新婚夫妻の様子と、慶事の舞台であるコックス伯爵家と王家、ホワイト侯爵家、スタン侯爵家の確固たる絆、そして次期王太子妃の気さくな人柄は、翌週の王都での一番の話題になった。

ただ、そこでバイオリンの女王マーガレット・ホワイトと共に奏でた『君と大冒険』が、アージュベール音楽史の新しい幕開けだ！　一体誰の作曲だ⁉　と大評判になり、あちこちで正体捜し騒動になるとは、いかに辣腕旦那様でも想像がつかず、グリーン邸で地味に頭を抱えることになったのだった。

エピローグ

エリンとヘンリー様の結婚式から一夜明けた早朝、私たちは早速馬車に荷物を詰め込んでいた。

「朝はさすがに過ごしやすいね。涼しいうちに距離を稼ごう。……ん？」

今にも犬たちと馬車に乗り込もうとしていると、「おーい」とヘンリー様が手を振りながらやってきた。

「おはよールーファス、ピアちゃん。昨日はありがとう！　これ弁当。馬車の中で食べてね」

既に朝の鍛錬でひと汗流したあとのヘンリー様が、大きなバスケットを私たちに差し出した。

「ありがとう。遠慮なくいただくよ」

ちなみにフィリップ殿下とアメリアは朝食を伯爵と共にしてから出立と聞いている。滞在時間は二十四時間に満たない。本当に為政者は体が頑丈でなければ務まらない。

「ちょっと待ってー！」

バタバタと屋敷のほうから足音が聞こえたと思ったら、疲れた顔をしたエリンが駆けてきた。

「エリン、見送りはよかったのに」

ここ数日、花嫁は殺人的スケジュールだったとわかっていたから、三人とも声をかけなかったのだ。

「いくらなんでもお見送りくらいするわよ！　私たち、挨拶回りもあるからしばらくここに留まるけれど、王都に戻ったら改めてお礼に伺うわ。侯爵夫人にもよろしくお伝えして。それとピア、これ、あとで読んでちょうだい」

そう言って、薔薇の透かし模様の入った可愛らしい手紙を渡された。モーガン文具店の新作だ。

「わかった。じゃあ、また王都でね」

「ヘンリー、エリン。楽しく滞在させてもらった。コックス伯爵とホワイト侯爵、そしてマーガレット様によろしく」

わざわざ名前を出すところをみるに、ルーファス様はマーガレット様とウマが合ったようだ。

「ええ。いってらっしゃい！」

「またな。気をつけて！」

二人は私たちが屋敷の門を出るまで、大きく手を振り見送ってくれた。

街道に出ると、ようやく馬車の走りが安定し、ソードとスピアも警戒を解いて床に寝そべった。

ルーファス様は早速仕事の書類を眉間に皺を寄せて読み始めたので、私もエリンの手紙を開封した。エリンが好んで身につける、ピーチのようなコロンの香りがふわっと広がり、温かい気持ちになる。

エリンのちょっと筆圧が強めの生真面目な文字は、珍しく惚気でスタートしていた。

ここ数日のヘンリー様の愛に溢れた心配りに、コックス領の皆様からの祝福。演奏旅行中だったマーガレット様が、なんとかスケジュールを調整して駆けつけてくれたことへの喜び。これからの新婚生活への期待と自分に課した課題がやる気満々で書かれ、最後は母親との決別で締められていた。

『今回母の現状を目の当たりにして、いっぱい泣いて……ようやく吹っ切れたわ。貴族社会で愛人を持つことは珍しくないとはいえ、あからさまに母から愛されてない子だと実感する日々は、辛く寂しかった』

独身時代、ロックウェル邸に招いた時、エリンは私と母のやりとりを憧憬の念の籠もった瞳で見つめていることがあった。私と母はとっさに会話に巻き込んだものだった。

『でも今では利己的で周りの見えない、成長のできなかった哀れな人と思えるようになったの。だからと言って許せないけれどね。ピア、私のために行動してくれて、母の目を覚ませてくれて、本当にありがとう』

エリンは結婚前の一連の騒動で、一気に大人になったのだ。

『母を反面教師にして、周囲の人を大事に、感謝して、ヘンリーと一緒にコックス領を盛り立てていくわ。私は絶対に子どもをひとりぼっちで屋敷に残したりしない……って、当たり前のことよね』

当たり前のことが簡単とは限らない。だからこそ、誰もが自分に誓う必要がある。

『私はコックス伯爵夫人とホワイツ経営を見事に両立して、どっちも黒字にしてみせるから。見ててね、ピア。エリン』

勇ましい締めくくりの手紙を、書類から目を離し私の様子を窺っていたルーファス様に渡した。

「エリンとヘンリー様も政略ではあるけれど、ほぼ恋愛結婚だもの。エリンのお母様のようになんてなりっこないわ」

アカデミー時代、ヘンリー様に相応しくあろうと、あらゆる努力をしていたエリンと、〈マジックパウダー〉事件後、エリンの信頼を取り戻そうと剣術大会で戦うヘンリー様を思い出し、胸が切なく疼く。

一度はすれ違った二人だけれど、これからはずっと、同じ道を歩むのだ。

「一昨日見ただろう？　ホワイト侯爵家の男性は厳格な家風でわかりづらいけれど、エリンは侯爵からも兄からも愛されているんだよ。伝わらなければ意味がないと言われれば仕方ないけれど。そしてこれからは暑苦しいヘンリーもいる。さらに国一番熱血な義父付きだよ？　母親から受けてきた傷やしこりは、そう遠くないうちに消えるさ」

ルーファス様の言うとおり、今後エリンはヘンリー様から愛されていないなどと疑う瞬間は一秒もないはずだ。思わずくすっと笑いが漏れた。

「というわけで、エリンを憂いなく結婚させるという賭けはピアの勝ちだよ。連勝だ。絶好調だね」

今回は自分に発破をかけるために私が言い出した賭けだから、そのように褒めてもらうのはちょっと違うんじゃないかと思う。

「しいて言えば二人の勝利でしょう？　エリンが幸せなら、親友のヘンリー様も幸せだから、ルーファス様も力を尽くしてくださった」

「……まあ、そういうことにしておこうか」

ルーファス様に友人に手を貸したことを指摘しても、素直に認めてくれない。とんだ照れ屋さんだ。

「それにしても……将来の私たちの子どもにはエリンのような悲しい思いをさせないようにしなければいけませんね」

「ごほっ、ごほっ！」

唐突にルーファス様が咳き込んだ。スピアが心配そうにクウン？　と鳴く。

その頭をわしゃわしゃと撫でているルーファス様の顔は、ゆでだこのように真っ赤になっていて……つい最近もこんなことがあったような？

「ルーファス様、馬車酔いですか？」

「そ、そうかも。水、水をちょうだい」

慌てて水筒から水を注いで差し出すと、ルーファス様は少しスッキリしたようだ。

「ピアはその……子どもについて、どう考えているの？」

「子どもですか？　こればかりは授かりものですのでなんとも。でも私たちのもとにやってきてくれた子には、寂しいなんて一瞬でも思う暇がないほどに構い倒すつもりです。あ、でもルーファス様に似ていたら絶対に生まれた瞬間から賢いから、私なんて鬱陶しがられちゃうかも」

「そんなことない。ピアは小さな頃から今と本質は何も変わらなくて、そんなピアがいてくれたことで私はこの十年孤独に陥らずに済んだ。もし私に似た子どもなら、片時もピアから離れないだろうね。強力なライバルだ」

幼い私たちは、おそらく他の婚約者たちよりも一緒にいる時間が長かった。ニコイチのように育ったことで、両親が超多忙でなかなか共に過ごす時間のなかったルーファス様が、寂しい思いをしなかったのならばよかった。

「ルーファス様と、ルーファス様似の子どもに挟まれるなんて日がやってきたら、それはもう天国ですね」

「私もピアに似た子とピアに……いかん、想像するだけで舞い上がる」

ルーファス様はなぜか右手で口を覆ってしまったので、よく聞き取れなかった。お顔は依然赤いままだ。もう一杯お水を勧めた。

それにしても今回、お義母様にマクラーレンのおばあ様、シンシア伯母様、ホワイト侯爵夫人、マーガレット様と親世代の女性たちのいろんな面を見た（ちょっと濃すぎるメンバーだった）。

とても勉強になった。皆様の生き様のいいとこ取りをしつつ、私らしいスタン侯爵夫人になれればと思う。ルーファス様やエリンが一緒にいて恥ずかしいと思わないような、できれば誇ってもらえるように頑張りたい。

などと思っていたら、はたと気がついた。

「……そういえば、前回の賭けはお情けとはいえ私の勝利だったのに、なんで私が歌ってるの？」

前回の賭けは私が勝ったら『化石をたたえるピアノ曲』を作曲してもらう。負けたら私が温泉街のテーマ曲を弾き語りする、だった。

「あ、気がついた？　賭けに負けたのにピアの歌声が聴けてラッキーだったよ。実を言うとサラとの連弾の時に聴いて以来、次の機会をずっと狙っていたからね。お願いしていた温泉街のテーマ曲じゃなくても十分満足だ」

「そんなあ！」

勝ったはずなのに負けた気がする。結局辣腕旦那様の手のひらで転がされていた？

「ちゃんと『化石の曲』もそのうち作曲するし、今回の賭けの賞品は間違いなく手に入るからいいじゃない？　私からグリー教授にお願いするよ」

「それとこれとは別の賭けです！」

弱気ＭＡＸ奥様は辣腕旦那様との賭けで、まるめ込まれている気がしてならない。

おわり

あとがき

「弱気MAX令嬢なのに、辣腕婚約者様の賭けに乗ってしまった」七巻をお手に取っていただき、ありがとうございます。優しい雨の中、相合傘で二人が散歩するカバーイラスト、画期的で美しくて最高ですよね！

大変お待たせいたしました。ピアとルーファスのストレスフリーの世界へようこそ。

今回の目玉はなんといってもエリンの結婚式。小説一巻、コミックス二巻で辛い目に遭ったエリンと、あまりの不甲斐なさにコックス領の強者たちと読者からボコボコにされたヘンリーが、ようやく結ばれます。作者がヘンリーの禊は済んだと判断しましたよ！

だがしかし、二人の行く手に暗雲が立ち込めて……。ピアとルーファスが大好きな親友のために一肌脱ぐ七巻となりました。

六巻からピアの罪悪感をチクチクと刺激し続ける医療師不足問題も、地味にコツコツとピアならではの方法——まあ化石しかないわけですが——で解消の一助になろうと奮闘し、ルーファスはニコニコ笑いながらあの手この手でサポートします。ルーファスのいつもどおりの行き届いた辣腕ぶりをお楽しみに。

また、今回はピアママのエマやビアンカだけでなく、いろんな個性的な「お母さん」が出てきます。皆様はどのお母さんが気に入るでしょうか？　期せずしてもうすぐ母の日ということで、作中にカーネーションを登場させました。垣間見える親世代の恋愛模様も要チェックです。ケイト様が一押しですよ。（←誰？）

改めまして謝辞を。

毎回新しい弱気ＭＡＸワールドに一緒にチャレンジしてくださる担当編集Ｙ様と、出版に関わる全関係者の皆様。一巻からずっと、ピアとエリン、ルーファスとヘンリーの友情を温かく描いてくださってきたＴｓｕｂａｓａ．ｖ先生。コミックス四巻のカバー裏で、私の息の根を止めた村田あじ先生。いつも本当にありがとうございます。

そして、ピアとルーファスはセット推し！　まだまだ二人のイチャイチャが読みたいという声を届けてくれる読者の皆様。感謝の念に堪えません。応援を糧に頑張ります。

今月は新作「死神騎士は運命の婚約者を離さない」も同時刊行です。前世が教師の明るい主人公が、ヒーローと共に自分の居場所を作る話です。こちらもどうぞよろしく！

それでは、これからの皆様のご多幸を心よりお祈りいたします。

またお会いできますように。

小田ヒロ

■ご意見、ご感想をお寄せください。
《ファンレターの宛先》
〒102-8177 東京都千代田区富士見2-13-3
株式会社KADOKAWA ビーズログ文庫編集部
小田ヒロ 先生・Tsubasa.v 先生

●お問い合わせ
https://www.kadokawa.co.jp/（「お問い合わせ」へお進みください）
※内容によっては、お答えできない場合があります。
※サポートは日本国内のみとさせていただきます。
※Japanese text only

弱気MAX令嬢なのに、辣腕婚約者様の賭けに乗ってしまった 7

小田ヒロ

2024年4月15日 初版発行

発行者 山下直久
発行 株式会社 KADOKAWA
〒102-8177 東京都千代田区富士見2-13-3
（ナビダイヤル）0570-002-301
デザイン 伸童舎
印刷所 TOPPAN株式会社
製本所 TOPPAN株式会社

ISBN978-4-04-737892-6 C0193

定価はカバーに表示してあります。
◇◇◇

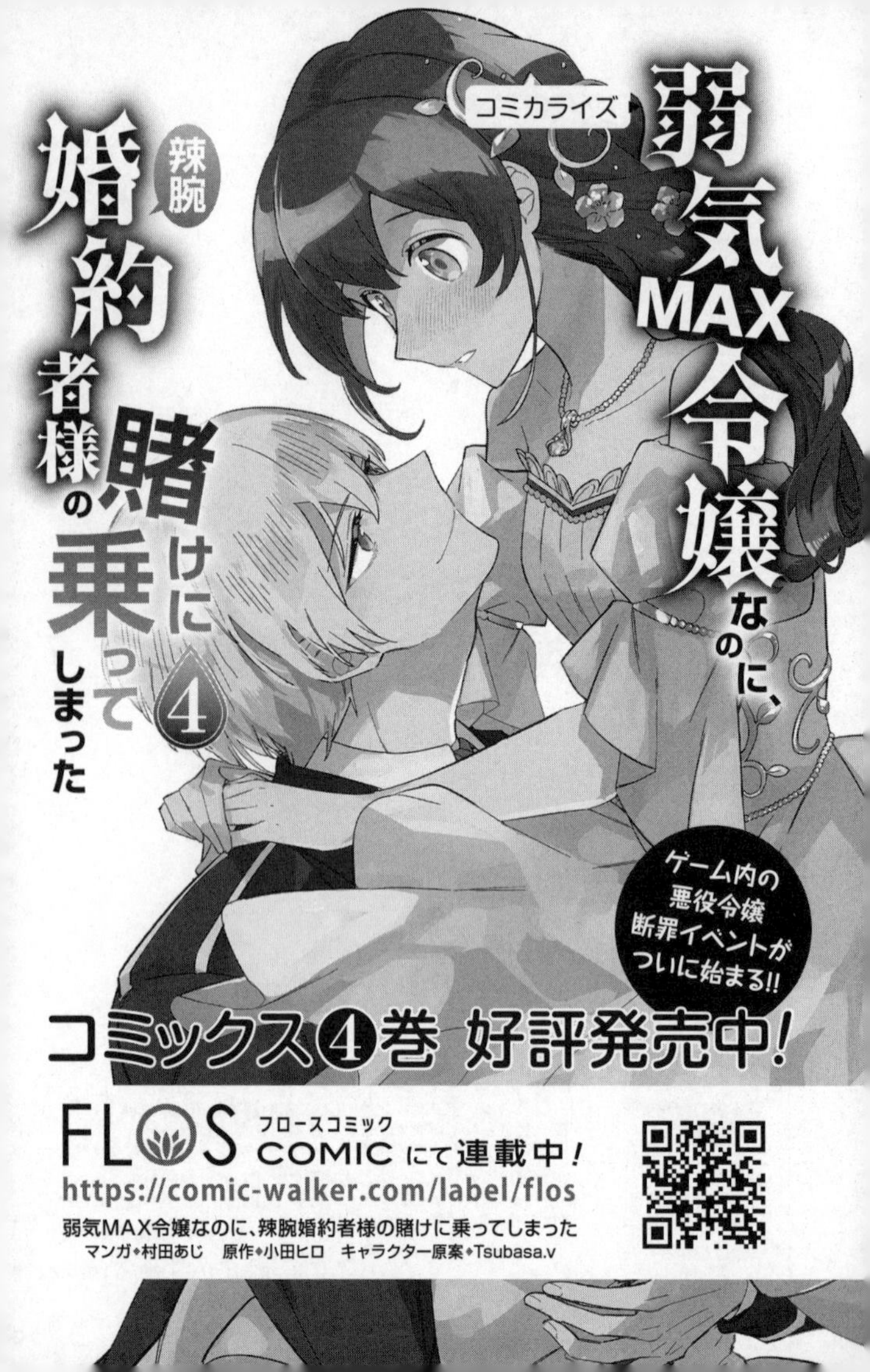

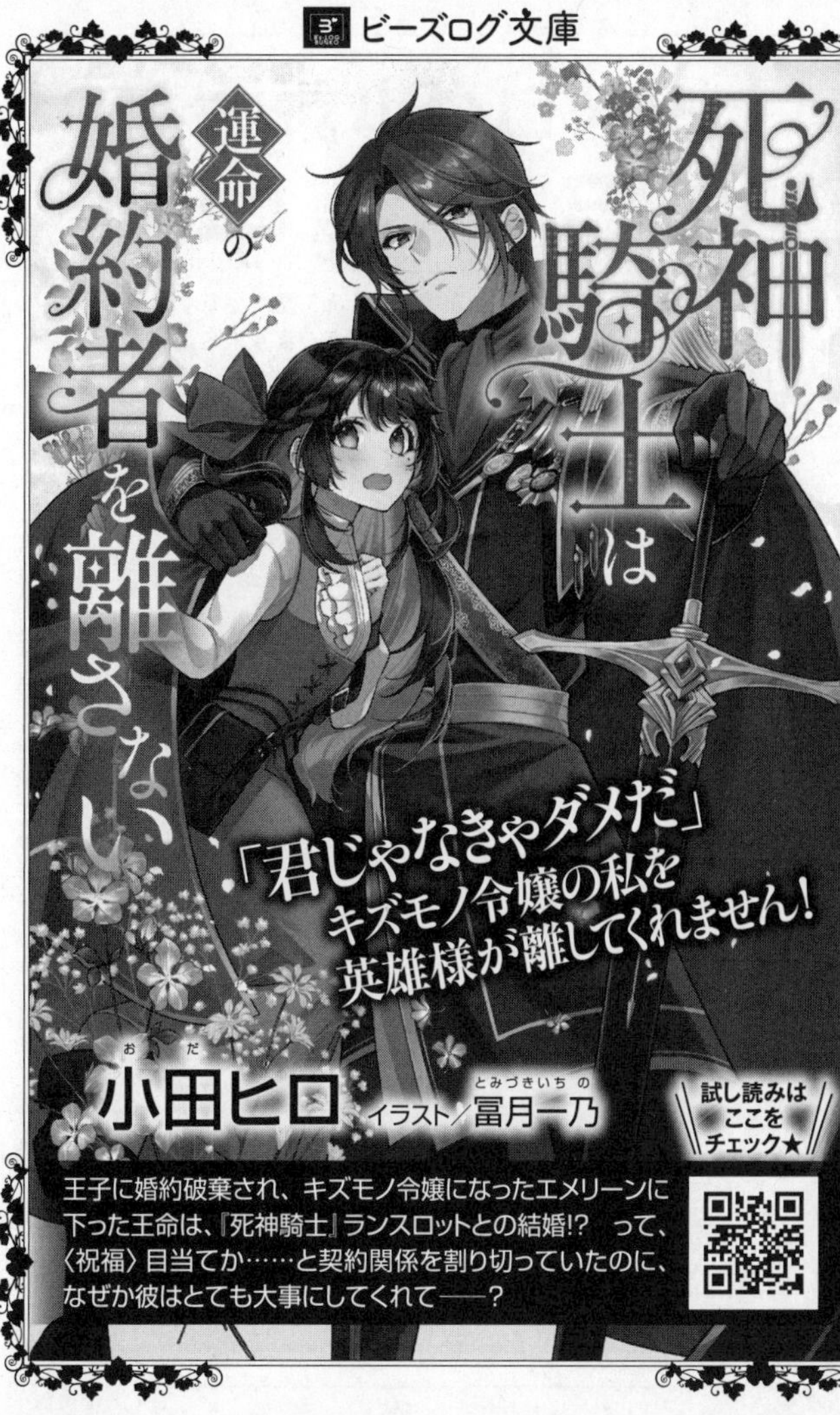
ビーズログ文庫
死神騎士は
運命の
婚約者を離さない
「君じゃなきゃダメだ」
キズモノ令嬢の私を
英雄様が離してくれません!
小田ヒロ
イラスト／冨月一乃
試し読みは
ここを
チェック★
王子に婚約破棄され、キズモノ令嬢になったエメリーンに
下った王命は、『死神騎士』ランスロットとの結婚!?　って、
〈祝福〉目当てか……と契約関係を割り切っていたのに、
なぜか彼はとても大事にしてくれて――?

ビーズログ小説大賞
作品募集中!!

新たな時代を切り開くのはいつも新人賞作品です。
たくさんの投稿、お待ちしております!!

表彰・賞金

優秀賞
賞金30万円

大賞
賞金50万円

入選
賞金10万円

「私の推しはコレ!」賞
書籍化確約

コミックビーズログ賞
書籍化&コミカライズ確約

※該当作品が選出されない場合もあります。

受賞特典

シリーズ化確約!
優秀賞以上の作品は続刊の刊行を約束!

オリジナルボイス付きPV作成!
声優のボイス付きオリジナルPVで受賞作を宣伝!

WEBフォーム・カクヨム・魔法のiらんどから応募可!

詳しい応募要項や締切などは
下記公式サイトよりご確認ください。

https://bslogbunko.com/special/novelawards.html